U0004310

天橋上的魔術師

好評推薦

黃春明（小說家）

吳明益的《天橋上的魔術師》令人驚豔。難得看到小說呈現得這麼立體，這麼有現場感。如果作者單是在制式下的教育成長，而欠缺廣泛的生活教育的話，人性在各種場域的面貌是呈現不出來的。從扁平的小說界鑽出頭來的好小說。

推薦序

西城舊事任低迴——向所有的讀者推薦《天橋上的魔術師》

張大春（小說家）

《天橋上的魔術師》是一部十分迷人的作品，多年來，我已經很少被這樣誠懇與才華兼具的小說觸動、震撼了。

在台北現實地圖上已經消失二十年的中華商場似乎是「天橋」的隱括環境，對中華路、鐵道邊那八棟一體的綜合商業社區尚有印象的讀者，大約會不期而然地將自己和西門町的際會融入情節的角落。當我們這樣做的時候，便進入了和九個成長故事的主人翁一道離家或回家的旅程。

這個在三十多年（一九六一至一九九二）的歲月淘洗之中，一直是台北地標的「中華商場」，有了令人倍感親切的意義：它也正是作為現代化進程中台北人青春期的一個象徵。吳明益的細緻筆墨，非但重新喚回了三十年間不只一代人的啟蒙記憶，也讓都會邊緣的小市民在歷經時潮引領和社會變遷的同時，留下了他們真切的聚散哀歡，有時令人莞爾，有時令人感傷，有時令人惝恍迷離。

如果用一個較大尺幅的時空背景為譬喻，我願意這樣說：雖然有如老台北西城牆一般的「忠孝仁愛信義和平八棟」已經徹底消失，可是吳明益又為我們打造了一回；《天橋上的魔術師》的讀者會明白：這樣一座地標將留給我們的小說世界更長久的感動與回味。

謝謝吳明益，他不只讓我讀到了結構精嚴的故事，也讓我重溫一回創作的執著與希望。對於一個多年沒有因小說而落淚的讀者來說，這是莫大的鼓勵與幸福。

推薦序

光陰的魔法

柯裕棻（作家、國立政治大學新聞系副教授）

這本真誠的書將湮滅的那一切都召喚回來了。吳明益筆下這些淒清、神祕又溫暖的台北故事，帶讀者回到那個同舟風雨的年代，台北是一艘燈火通明的孤船，燦爛中透著伶仃。

從前只要在台北住過、混過、玩過，甚至只是經過的人，沒有不知道中華商場的。它在最熱鬧的核心地段，有最新的流行音樂，最頂尖的電子產品，可是也有霉爛的舊書店和修鞋的小鋪子。還有些小店淒涼得可憐，我只記得經過它們時的冷哆嗦，可是卻一點也不記得它們賣些什麼了。

鐵道還在的時候，任何一列西線北上的火車進入台北都心之前，都會先經過蕭條的清代舊城艋舺，經過喧鬧的日治舊區西門町南側，經過叮叮作響的平交道，再經過中華商場的後面——

這幾乎是穿越近代歷史的光陰序列。當旅人從疾馳火車的窗口望出去，看見中華商場密密麻麻的後門後窗後欄杆，看見理髮店洗曬的毛巾和各家小孩的衫褲飄揚，熱鬧又清貧，走不完的生意和家常，看不盡的燈火和人生，火車會明顯地慢下來，哐噹哐噹，它準備轉彎，過了這個彎，旅客會紛紛起身拿行李，伸懶腰整衣衫，長長地舒一口氣，噢—台北到了。也因此，中華商場總是外地人最早看見的台北日子。

有幾年我常在商場對面的中華路南站等公車，從人群中遙望西門町的電影看板發夢。有時我也走過那天橋，到商場上吃餛飩麵，去唱片行看唱片，到海報行看海報。我也會慢慢地逛商場的走廊，從南端走到北端，一間鋪子一間鋪子看過去。那走廊好長好長，長得恍惚像好幾個朝代。一旁櫛比的小商店難說是繁華還是破落，生意也難說是興隆還是冷清。他們守著一方分寸，做四方生意。也許那時我曾與已經搬離商場的吳明益錯肩，他當時也許正尋訪舊時鄰居；又也許我們曾在中華路南站擠過同一班公車去上課，他極可能也睜著森林水鹿般的眼睛看那天橋，憂傷地懷想他的童年。

吳明益描繪的台北人有暮光熹微的溫度和色彩，景象朦朧溫柔。中華商場宛如台北城的縮影，是的，都城的人也一樣過小日子。這些角色在最熱鬧的場所過市井生活，他們幾乎參與了每一個路人的記憶，緊貼密合，你幾乎還聽見那孩子的跑步聲和咳嗽，聞見鞋店皮革的氣息和點心世界的麵香。他的故事讓你覺得彷彿早就識得此地此人，他是你熟悉的某個模糊的身影，他將故事的角色安嵌到讀者的記憶裡去，讓人幾乎以為他必定曾經出現在你生活的某一角；或者他真的與你等過同一段紅綠燈，他也許看見了你行色匆匆，所以你的徬徨也被寫進故事裡了。吳明益正像是天橋上的那個魔術師，他可以任意喚回時間，錯置空間，截取你記憶情感的碎片使之復甦，他賦予物件生命，他使你同時感到迷惘和明澈。他也像是那個做標本模型的人，手下的人物栩栩如真，各有微渺的起伏和濃縮的愛戀苦楚。

所以啊這書是真的有魔法，當整個世代都已經習慣暴亂和刻薄的話語，當我們習於以憎恨取代信念，當我們慣常對時代投以鄙棄的眼神並以此為傲，我深深慶幸中華商場曾經住過這麼個小男孩，他有如此天賦能夠讓那時光再現，並且重新賦予質量和溫度，讓我們得以從他善良寬容的眼睛，回顧那時代，那生活，這座城，然後學著饒恕他人和我們自己。

我真正想當的是魔術師，但我變魔術的時候會很緊張，只好避難於文學的孤獨中。

——賈西亞・馬奎斯（Gabriel Garcia Marquez）

天橋上的魔術師

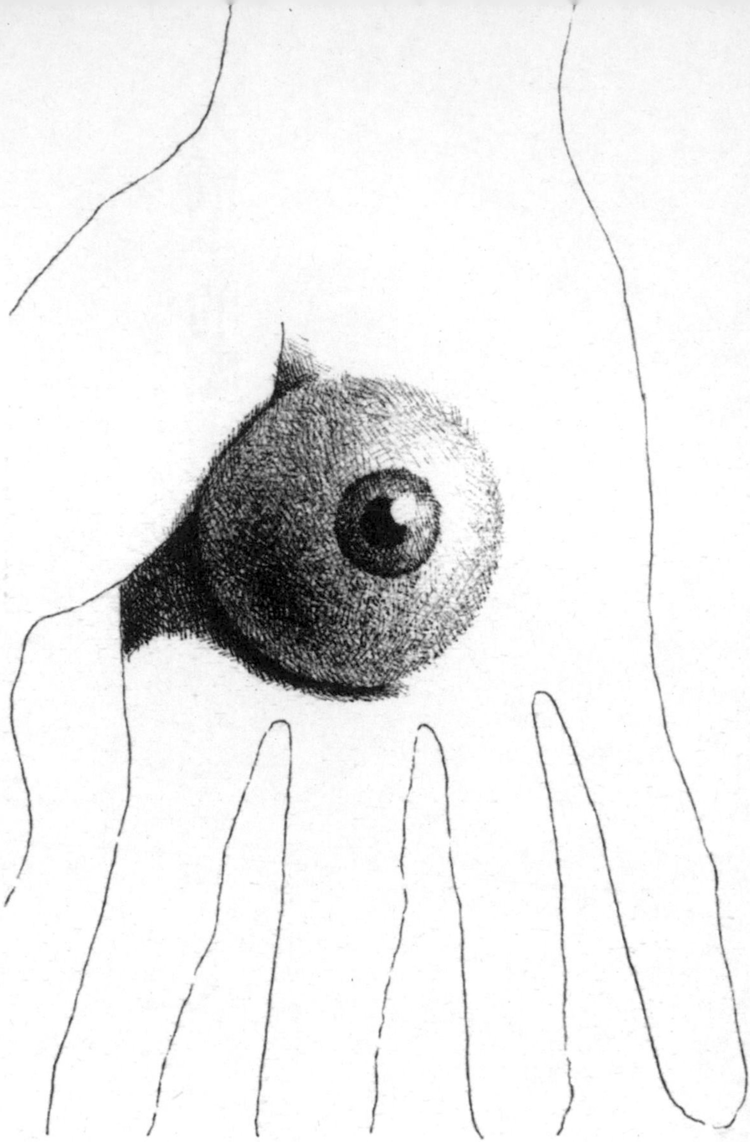

天橋上的魔術師

我媽常說「生意囝歹生」，這是她對我的隱藏式評價，小小的遺憾。但這樣的遺憾並不存在我十歲以前，因為十歲以前，據說我是很會做生意的。

我家開的是鞋店，只是一個小毛頭對客人說：「你穿這雙鞋好看」、「這是真皮的」、「算你便宜一點」、「唉呀已經是最低價了啦」怎麼樣都不太真實，太沒有說服力了。有一年，我媽終於想到一個點子，她說，你可以去天橋賣鞋帶跟鞋墊，人家看你小孩子，一定會買的。小孩子天真的臉本身就是人生為了要讓我們勇於活下去所設下的騙局，這事我到很久以後才了解。

商場一共有八幢，以忠、孝、仁、愛、信、義、和、平命名，我家住在「愛」跟「信」之間。愛跟信之間有一座天橋，跟仁之間也有一座天橋。我比較喜歡愛跟信之間的天橋，因為那個天橋比較長。橋的另一端連結到西門町，上頭賣什麼東西的小販都有，有賣冰淇淋的，有賣小孩衣服的，有賣燒餅的，有賣華歌爾內衣的，有賣金魚、烏龜和鱉的，甚至我還看過賣海和尚的（一種藍色的螃蟹）。警察有時候來趕攤販，但天橋的通道實在太多了，攤販通常把布包一捲就順便去上個廁所再回來。何況警察常常慢慢走，以為每個攤販都患痛風跑不動似的。

那天早上姊帶我到天橋上，留下飯糰給我就走了。我把鞋帶一雙一雙綁在天橋的鐵欄杆上，風一來鞋帶就飄來飄去。我坐在姊帶來的小板凳上，開始把一雙一雙鞋墊左右腳排好。我把「響皮」放在最前頭，因為它最貴，一雙要三十塊錢。我媽說響皮就是豬皮鞋墊，有一種香香的臭味，幾張響皮疊在一起，轉一轉會發出「甩甩甩」的聲音，所以叫做響皮。我的天啊，豬死了皮都還會發出聲音。

咳，我太喜歡在天橋上賣鞋墊了。

我的攤位對面是一個頭髮油油，穿翻領夾克、灰長褲，套著中間沒有拉鍊、也沒綁上鞋帶的傘兵鞋的男人擺的攤子。傘兵鞋是有很多鞋帶孔的長筒靴，那樣的長筒靴要綁鞋帶是世界上最麻煩的事了。後來有人發明了一種綁在鞋帶位置的拉鏈，聽說造福了全國的官兵，日後早上起床的時候阿兵哥的動作快多了。我家那時每天都至少有十個阿兵哥來買傘兵鞋的拉鏈，我想說不定明天也可以叫我媽給我一些傘兵鞋拉鏈賣，銷路一定不錯。

男人用粉筆在地上畫了一個圓弧形，打開黑色的布，把他賣的東西一樣一樣擺出來。一開始我不知道他賣什麼樣的東西，有撲克牌啦、鐵環啦、奇怪的簿子啦……我姊說他是賣魔術道具的人，我的天哪，賣魔術道具的人！我的攤位在一個賣魔術道具的人的對面！

「不是，我是魔術師。」男人自己這樣宣稱。有一天我問他東西是哪裡批來賣的時候，他說，「這些魔術都是真的。」他用那雙分得很開，好像可以看不同地方似的、蜥蜴一樣的眼睛看著我，讓我打了一個哆嗦。

魔術師沒有像電視上的魔術師一樣穿著燕尾服，也沒有高帽子，每天就只是穿著翻領毛夾克，灰色長褲，和髒兮兮的傘兵鞋，我想下次可以跟他推銷立可擦鞋油，一擦就亮晶晶。他的臉好像有點方方的又有點長長的，不高也不矮，好像是忘了笑是什麼東西的人。魔術師一走進人群就分不出來哪個是魔術師了，是那樣的一個平凡長相的魔術師。當然，除了那雙眼睛，和那雙沒有拉鏈的傘兵鞋。

魔術師大概一小時會表演一次魔術。真是太幸運了啊，我坐在魔術師對面賣鞋墊。他最常變的是骰子、撲克牌、九連環這類戲法，現在想想實在太平常了，平常到沒有資格稱為魔術師。但當時對我來說簡直是不得了的奇蹟，就好像後來我第一次看到費雯麗的感覺吧，我因此渴望擁有那些魔術道具，就好像我一直想養一隻麻雀。

有一次魔術師用六顆骰子變魔術，在許多觀眾包圍下，他神情輕鬆地將骰子一顆一顆裝進去一個小小盒子裡頭，闔上小綠盒子後，一甩，魔術師露出像是只為表演魔術才露出的微笑，盒子一開就變成六六六六六六。

那數字似乎可以任由魔術師控制，比方說他會問看熱鬧的觀眾生日，然後若無其事地在講話中甩出觀眾的生日號碼。他有的時候甩一下，有時甩非常多下，多到我快要頭昏了才停下來，打開盒子，那數字總是準確無誤。

魔術師在變魔術的時候眼睛發亮，他仍然是穿著翻領毛夾克，灰色長褲和骯髒傘兵鞋的魔術師，但那一刻他整個人會發亮，好像他能吸進空氣，然後把光和重力全部凝聚在他站的那個小小粉筆圈裡頭。他一面表演一面賣魔術道具，有一回我終於忍不住誘惑挪用賣鞋墊的錢去買魔術道具，第一個買的就是「神奇骰子」。

跟魔術師買道具以後，他會把你拉到旁邊，給你一張空白的紙和魔術道具。他說：「拿回去泡了水以後晾乾，你就會看到魔術的祕密。」我偷偷摸摸地在半夜泡那張紙，然後用媽媽的吹風機把它吹乾，然後偷偷摸摸在半夜練習。紙上不只有字也有圖，看起來像是魔術師一張一張寫上去畫出來的。原來如此，我看著紙上的字，想說原來如此。那時我以為自己已經懂了魔術的奧祕，就好像十一歲暗戀同班同學的時候我誤以為自己已經懂得愛情。

我私下偷偷練習，第一次在我哥面前表演骰子魔術時緊張得要命，骰子掉了好幾次，結果還沒有裝完我哥就看出破綻。他眼帶不屑地說：

「你把要變的那一面放在靠你身體那邊對吧？」

「對。」真是太沮喪了，他說對了。沒有什麼比魔術在還沒有進行之前就被看穿更讓人傷感的事了，那就像你還沒有長大就被預告了人生一樣，我痛恨算命師跟拆穿別人魔術的人。魔術骰子的關鍵並不在骰子而是在盒子，那是一種特殊形狀的盒子，把要的數字放在靠自己的這邊，靠手腕的力量就可以讓骰子九十度翻轉，那靠這邊的那面就會朝上了。就這樣而已。

「你偷錢我跟媽講。」我哥說。對，我「挪用」了賣鞋墊的錢，而且被我哥發現了，我只好把魔術骰子送給他。

他媽的這個祕密實在太貴了，根本不值六十塊錢啊。我得辛辛苦苦騙我媽一個星期，才能從賣鞋墊的收入裡頭偷到這六十塊。

不過說來奇怪，即使我發現那裡頭沒有魔法，每回一看到魔術師拍手吆喝，我就把那些被欺騙的念頭丟棄了。我不由自主地一次又一次被魔術師的手法吸引，一樣一樣買下在當時我的眼中貴得要命的魔術道具。比方說可以從空火柴盒變出滿滿火柴棒的火柴盒，一翻就會從黑白線條變成彩色的圖畫本，可以畫出像彩虹一樣顏色的原子筆，能夠折彎的神奇銅板……。所有的魔術都一樣，在魔術師表演的那一刻，我總有壓抑不住想要學那種魔術的欲望，而一旦花錢買回來，把那張紙泡在水裡等字浮現了以後，魔術就變得不再神奇而是一種騙局。許久以後我才發現，所有的事可能都是一樣的道理。加上疏於練習，那些魔術道具簡直成了我的災難，我總是被家人或鄰居嘲笑。

「憨囝仔予儂錢騙了了。」我媽知道我偷錢去買魔術道具後，給了我一巴掌。

真正令人難受的是，西裝店的臭乳呆、義棟修水電的小孩阿蓋仔、餛飩麵店的阿凱，每個人都買了每一樣道具。被騙錢我一點都不生氣，我相信只是練習得不夠，可是那好像祕密的紙每個人都有，那種感覺真讓人受不了。好幾次我想找魔術師發頓脾氣，但我只敢跟我媽發脾氣鬧彆扭，我媽被我煩得受不了，轉頭再給了我一巴掌。

「錢攏提去買無路用的米件還敢說。」

魔術師的生意開始變差了。這是當然的，路過的人也許還會光顧他的攤位，但附近的小孩子每一樣都買過了。攏是假的。買過道具的小孩一開始以這樣的理由阻止自己的鄰居和同學，但是到後來每個人還是都買過了。有些事得自己試試看才有被騙的感覺，對吧？

魔術師也發現了這樣的情形，他得在這些孩子們之間再創造話題才是。有一天他上工的時候，我看到他從方形手提包裡掏出一本書，打開來以後，裡頭夾了一個黑色的，紙剪出來的，大概只有大人小指頭大小的小人。

他把小黑人放在地上，用黃色粉筆在那個他擺攤的大圈圈裡頭又畫了一個大概扇子大小的圈圈，然後閉起眼睛，喃喃地唸起咒語。小黑人竟然就搖搖晃晃，像剛剛醒來似地站了起來。路人原本只是匆匆走過，不曉得為什麼，就彷彿聽到小黑人無聲的召喚似的，不由自主地會轉頭看一下，然後一旦發現地上的小黑人，就不知不覺地停下腳步。

說真的我太喜歡在天橋上賣鞋墊了。小黑人有點生澀地跳起舞來，隨著魔術師像是唱歌又像唸咒的聲音，一會兒跑向東一會兒跑向西，動作雖然有些彆扭卻很可愛，好像他自己也很怕用力過猛因此破掉似的，畢竟紙這東西不太適合過於激烈的動作啊。我開始替小黑人擔心，如果他上體育課的話，一定非常危險吧。

我漸漸發現到小黑人的活動範圍就在那個黃色的圈圈裡頭，也只能在那個圈圈裡頭。只要有人想要摸摸小黑人，魔術師就會大喝一聲，非常有威嚴地叫他們住手，說：「摸了他的人會不幸喔，但看他跳舞的人會幸運。」何況小黑人看起來也不太願意被摸的樣子，有人靠近他就會蹦蹦蹦地跳回魔術師的腳邊。

等大家被小黑人迷住的時候，魔術師就會開始表演他的魔術。魔術道具還是千篇一律：神祕密碼骰子啦，變出火柴的火柴盒啦，呼啦呼啦翻過去就會變成彩色的圖畫本，一畫就能畫出七色彩虹的鉛筆，可以用拇指和食指摺凹的銅板……。不知道為什麼，原本賣不出去的東西，突然之間變得很搶手，觀眾又開始喜歡買魔術師的魔術道具，然後他一一地把顧客拉到旁邊，給他們一張又一張的無字白紙。那白紙我都看過了，會背了，但我竟然傻傻地又買了一個魔術骰子。

這時候小黑人總是很安分地站在粉筆圈裡。由於沒有眼睛的緣故，我猜小黑人應該看不見吧，看不見的小黑人，慢慢在黃色的小圈圈裡頭跺步，好像有什麼心事一樣。

魔術師的小黑人開始在天橋上出了名，現在不只是商場的孩子，連我們小學所有的學生都來過天橋了；連要到重慶南路的上班族、在西門町的小商販、甚至是對面憲兵隊的憲兵、理髮店的小姐，都專程到天橋上看魔術師的小黑人。小黑人還是有點害羞，有點笨拙地跳著小黑人之舞，然後彎下紙做的腰跟觀眾鞠躬，用紙做的手向觀眾打招呼。我完全被他迷住了，每天就期待著看小黑人跳舞，有時都忘了賣鞋墊跟鞋帶。鞋帶綁在鐵欄杆上，被風吹得飄啊飄的，直到現在我回想起來都覺得那畫面非常美麗。

跟魔術師買過所有的道具以後，慢慢地我也跟魔術師熟稔起來。他買鍋貼會分我幾個，我有時也會把我媽回娘家時從大甲帶回來的奶油酥餅和他分享。魔術師吃東西的時候兩個眼睛偶爾會看向不同的方向，就好像怕忽略了世界上的什麼動靜似的。

有時候他得到公廁時，就會叫我幫他顧一下攤位。「東西不要不見就好，不用幫我賣喔，千萬不要幫我賣喔。還有，就是絕對不要動小黑人喔。」

這我很樂意，也很簡單。我坐到魔術師的椅子上，就好像我自己就是魔術師一樣。坐在魔術師的椅子上時，我終於有機會更靠近看看小黑人。那時候我會開始模仿魔術師拍手、唱奇怪的低沉的歌、唸根本聽都聽不清楚的咒語。小黑人搖搖晃晃地站了起來，像聽到什麼東西的呼喚似的，開始繞著那個粉筆的圓圈跳舞。

當然沒有。小黑人安安靜靜地坐在魔術火柴盒上。

小黑人坐著的火柴盒大小剛剛好，就好像是他的專屬椅子似的。魔術師不讓小黑人跳舞的時候，有時候會把他的一條腿搭在另一條腿上，就好像大人蹺著二郎腿似的，擺在火柴盒上。有時候因為風的緣故，小黑人會微微彎下腰，就好像正在思考某些事情。小黑人平常都在想什麼事情呢？小黑人會不會也有只有小黑人才有的煩惱？這世界上是不是有一間小黑人才能去上的學校？小黑人上的學校都教些什麼呢？小黑人也要背九九乘法表嗎？小黑人的學校有沒有音樂課（否則小黑人怎麼會跳舞）？小黑人是用紙做的那麼薄，該怎麼打躲避球呢？我暗暗替小黑人的人生擔心，就好像我媽一直擔我的心一樣。

無論是幫魔術師顧攤位或坐在對面自己的鞋墊攤位上，我總是看著小黑人，想這些事想到入迷。

有一回魔術師又去上廁所，看來是大便，因為很久都沒有回來。我坐在椅子上百無聊賴，小黑人也坐在火柴盒上百無聊賴的樣子。因為那天實在很累，天氣有點陰冷，天橋上的行人也不多，我就打起瞌睡。我猜我只睡著了很短的時間，就被雨水打醒，我抬頭一看，雨毫不含糊地從灰濛濛底天空打下來。我顧不得自己的鞋墊，想幫魔術師把他的大傘打開，插到攤位旁邊的傘架上頭，但那支雨傘實在太大，我怎麼樣也撐不開，我的手太短了。就這樣，雨滂沱落下，很快在天橋上形成小小的水流，水往天橋的排水洞口流去。剛剛好那天小黑人沒有坐在火柴盒上，而是放在地上，靠著天橋的邊邊，很快就被淋濕了。我發現的時候，小黑人已經貼在地上，好像被遺棄在地上的垃圾，絕望地打開雙手跟雙腳。我顧不得自己淋濕，趕緊把傘丟在一邊，想把他拿起來。但因為紙跟天橋的水泥地黏在一起，我動手一摳，小黑人的手就斷了，我哭了起來，淚珠滴滴答答掉個不停，大喊：「小黑人手斷掉了啦，小黑人死掉了啦，手斷掉了啦。」

旁邊賣童裝的阿芬姊（我叫她姊，不過大概也只是個唸國中的孩子）趕緊先弄好自己攤位的傘，跑過來幫我把傘撐起來，然後也無奈地看著地上的小黑人不知所措。我一直哭一直哭，哭到快抽筋了，才看到魔術師回來。魔術師的兩個眼睛開開的看著兩個方向，開始收拾東西，說：

「下雨了你還不趕快去收你自己的東西，鞋墊都濕了你會被你媽媽罵死。」我不知道他是不是生氣了，我結結巴巴講不出完整的一句話。

小黑人死掉了，他因為我的關係死掉了。我的心破了一個洞，就彷彿它原本就是紙做的一樣。

隔天我媽催我去擺攤的時候，我的心情糟得不得了，我不想擺在魔術師的前面，又很想擺在他前面，問他小黑人到底怎麼了？也許只是手斷掉，並沒有死掉，手斷掉的小黑人應該還能跳舞，還能去小黑人學校上學吧？

那天到攤位時，我始終不敢抬起頭，魔術師看我來了，也沒有像以前一樣跟我打招呼說：「小不點，吃飽了沒有？」只是默默地坐在自己的椅子上。我覺得自己是個沒用的人，天橋下車子來來往往，天橋上的塵土落在我的身上，路過的每一個人都比我快樂。

中午魔術師買了一盒鍋貼（這次他沒有請我吃），吃完後抹抹嘴巴打開那個方方的公事包，拿出那本書打開來，那裡頭夾了一張黑紙和一把剪刀。魔術師拿起紙和剪刀，開始動作起來。不一會兒工夫，一個小黑人被剪出來了。我偷偷地斜睨魔術師的動靜，心跳快得就像時鐘剛被轉緊發條的時候一樣。

魔術師把新的小黑人擺到地上，再畫出一個黃色粉筆圈，拍拍手，一邊哼著歌一邊吆喝起來。新的小黑人跳舞了，這個新的小黑人跳的還是跟舊的小黑人一樣的舞，但好像更花俏了點，還會轉圈圈呢！我開心極了，大叫：「沒死，他沒死！」話出口以後又覺得有點不對。會不會這個小黑人，並不是昨天那個被雨淋濕躺在地上，被我弄斷了一隻手的那個小黑人呢？會不會他只是一個新的小黑人，被用來取代之前那個斷手的小黑人呢？

魔術師用右邊那隻眼睛看看我，嘴角帶著似笑非笑的神情，他的左眼看著另一個方向，招了招手叫我過去。

「你看這個小黑人跟昨天那個有什麼不一樣？」

我搖搖頭，猶豫地說。「看起來一模一樣，不是嗎？小黑人沒有死，對吧？」

魔術師兩個眼睛看著不同方向，說，「我也不知道。小不點，你要知道，世界上有些事情，永遠都不會有人知道。人的眼睛所看到的事情，不是唯一的。」

「為什麼？」我問。

魔術師思考了一會兒，用沙啞的聲音回答：「因為有時候你一輩子記住的事，不是眼睛看到的事。」

說真的我並聽不懂魔術師的意思。不過這是他第一次這麼對我說話，我只覺得他像是把我當做大人一樣對我說話，彷彿他已經認可了我的什麼似的。回家後我跟哥說了小黑人的事，和魔術師跟我講話的事，他有點生氣，我不曉得他為什麼生氣。他說要跟媽講，不要再讓我去賣鞋墊，因為可能會被魔術師騙走。那天晚上我夢見小黑人，他帶我走到一片森林裡（那時我甚至不知道森林是什麼東西，我最遠才到過新公園），我們一起唱歌，然後玩捉迷藏。我看到森林深處有一處亮光，小黑人說那裡不能去。我問為什麼，他說那裡很深。我說那裡明明很亮，他說有些地方你以為很亮，卻是很深。

我沒有被魔術師騙走，我哥也沒有跟我媽講小黑人的事，日子就這麼一天一天地過下去。

由於跟魔術師越來越熟，我私底下跟他求過很多次請他告訴我小黑人的祕密，魔術師只有在談到小黑人的時候變得嚴肅，他說：

「小不點，我告訴你，我所有的魔術都是假的，只有這個小黑人是真的。因為是真的，所以我不能說。因為它是真的，所以跟別的魔術不一樣，也沒有什麼祕密好說的。」

我不相信。魔術師一定沒有跟我說真話，他一定隱瞞了什麼，我看他的眼睛就看得出來，就像我說謊的時候我媽說看我的眼睛就看得出來一樣。

「不要騙我。」我說，「不要看我是小孩子就騙我。」

隨著開學的日子一天一天近了，我媽宣告一開學我就不用擺攤了，這讓我難過不已，一再跟她爭取開學以後繼續擺攤的機會，即使是只有假日也可以。但她說什麼都不答應，我懷疑是哥去告了密。我跟魔術師講了這件事，我滿懷哀傷地跟他說：「你再不教我小黑人的魔術就來不及了，我要開學了，你不教我你會後悔的，你突然死掉的話就沒有人會小黑人的魔術了。」我不曉得什麼時候自己變得那麼伶牙俐齒，好像變成我媽說的「生意囝」了。

魔術師只是笑了笑，他的眼睛一隻看著很遠的地方，一隻好像看進我的心底。

有一天晚上八點收攤的時候，魔術師收好小黑人跟魔術道具，對著我招了招手。我毫不猶豫地跟著他，心跳得很厲害，他一直往前走，直到穿過了天橋走到商場最後的角落，那裡有一道門，我知道那是通往商場天台的門，大人說不可以跑上去的地方。魔術師用手一轉鎖就開了，他招了招手要我上去。

我第一次上到商場的天台，被天台的景色迷住了。

那時台北的建築高度跟現在是完全不同的。我們在天橋上就能看見淡水河的國慶煙火，天氣好的時候可以看到陽明山，那時的台北還像是一個盆子，即使你站在盆底的一處不算高的地方，還是可以看到盆子的邊緣和盆子裡頭所有的東西。而此刻我和魔術師站在天台上，一邊是燈火輝煌的西門町，一邊是總統府的燈光。魔術師指了指旁邊，廣告霓虹燈下的一個角落。

「我住在這裡。」他說。「不過有一天，我會離開這裡。」魔術師住的那個角落正好有一片突出的雨棚擋住霓虹燈的機房，看過去除了雜七雜八的睡袋、塑膠袋以外，竟然還有一堆一堆的書。

「去哪裡？」

「不知道，都好。」

「我也想當魔術師。」

「你不適合當魔術師，因為魔術師有很多祕密，有很多祕密的人活得不快樂。」

「為什麼？」

「別管那麼多，你不懂的，而且魔術師不能在同一個地方太久。小不點，你一直很想學小黑人的魔術對吧？」

「對！」我拚命點頭，難道是魔術師要教我了？我的心碰碰跳，就快要跑出來了。

「不能學的。因為小黑人是真的，它是真的，所以不能學。」還是那一套。

「那你把小黑人給我，好嗎？如果是魔術你就教我，如果是真的，那你把小黑人給我，好不好？」

「我小的時候，以為把蝴蝶抓來做成標本，就擁有蝴蝶了。我花了好久的時間，才知道蝴蝶的標本不是蝴蝶。我因為看清楚了這一點，才能變出像小黑人這樣真的魔術，因為我把我腦中想像的，變成你們看到的東西。我只是影響了你們看到的世界，就像拍電影的人一樣。」

我側著頭，旁邊廣告黑松沙士的巨型霓虹燈發出嗤嗤嗤的聲音。我聽不懂魔術師說的話，藍色的霓虹燈讓他的眼睛發出藍色的光，綠色的霓虹燈讓他的眼睛發出綠色的光。我想著魔術師的話，對他說的「真的」魔術深深感到迷惘。

「那有什麼辦法能做到呢？像是讓小黑人跳舞那樣的事。」

「小不點，我沒辦法告訴你有什麼辦法。不過，我跟你很投緣。我把這東西送給你好了，你可以自己決定要怎麼用它。」

魔術師說完後，伸出自己的右手，就好像要展示什麼似地，他將手掌停在我眼前，幾乎有半分鐘之久。我因此被迫看著魔術師手上的繭，和那些錯綜複雜的掌紋。魔術師慢慢把食指、中指和拇指稍微彎曲，插進自己的左眼裡。我看著這一幕，覺得自己的眼球微微疼痛。魔術師的眼窩好像非常柔軟，手指頭很快地伸到裡頭去，輕輕地轉動以後，魔術師把自己的左眼取了下來，放在自己的右手掌上。那枚被挖下的眼珠沒有流血，沒有破裂，就像一枚完好的，剛剛形成的乳白色星球一樣。天

九十九樓

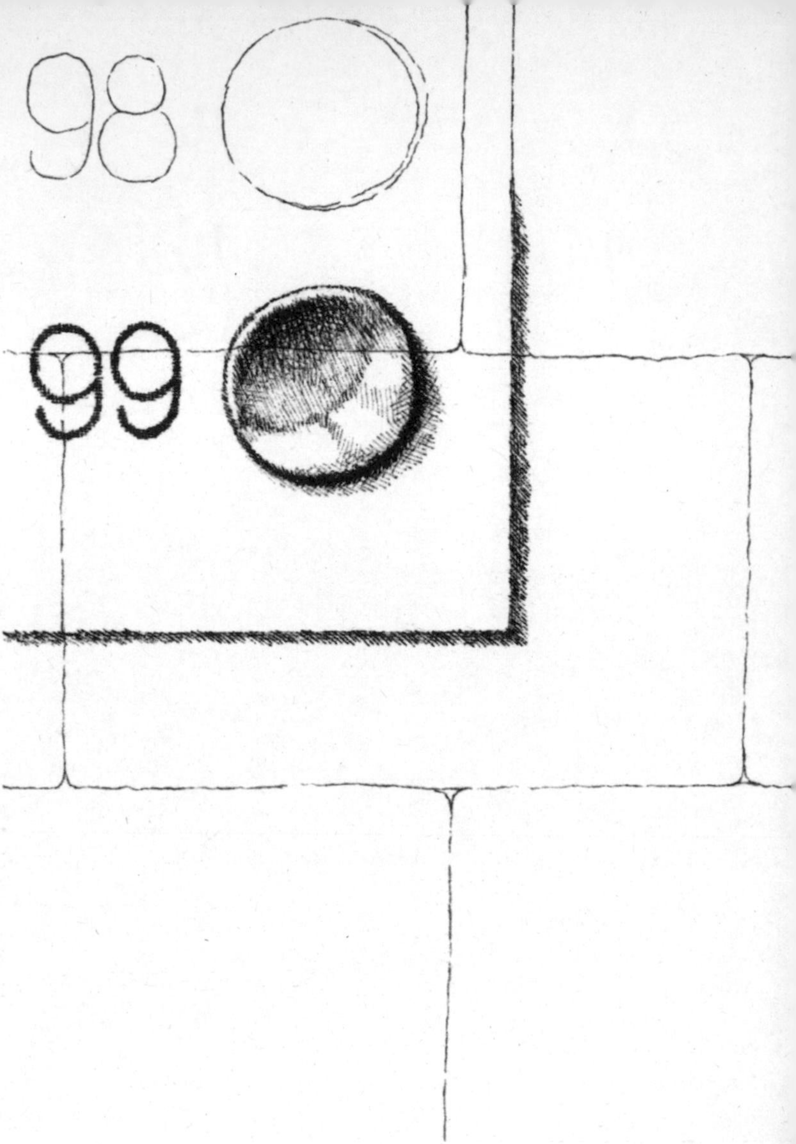
98
99

九十九樓

湯姆收到那個臉書上的訊息的時候，本來想隨便回個信，找個藉口推掉就算了。但那天他剛好讀過J. M. Coetzee一本小說，喝了幾口從夜市裡玩拉瓶子遊戲贏來的劣質紅酒，情緒有點激動，再加上想起了一些往事，就決定赴約了。

約會的地點是在敦化北路的一家素食餐廳，湯姆提前出發，到那附近的時候還早了十分鐘，不過他一直找不到地址上的門牌。整條大路筆直，但二四二巷就是憑空消失，任他怎麼找都找不到。約定時間到的時候，馬克和羅絲已碰面，從餐廳打電話來，互相確認了之後湯姆才發現自己已經走過頭，只得折返，與馬克相約在附近的一間顯眼的銀行碰面。

「真是的，我剛剛竟然就錯過這一條巷子，怎麼找都找不到，明明就在這裡的。」湯姆說。他邊打量旁邊這個已經二十幾年沒見，現在穿著西裝、還特地為這次三人小聚餐打上領帶的小學同學。不只是有點陌生，而是很強烈的陌生的感覺。

「啊，湯姆，真是太久不見了。」

馬克現在是證券經紀人，小學的時候完全看不出來他會走這一行，總而言之，是一個如果湯姆在此刻才遇到，可能不會和他成為朋友的人。不過二十幾年前他們可是好得不得了的死黨。湯姆想。時間不只會磨損牙齒而已。

湯姆當時住在商場三樓，他從山東一路逃難來到臺灣的外省老爸在二樓開了一家賣鍋貼、包子、小米粥的店，小學就在他們家對面，只要走過一個天橋就到了。而馬克家則是在隔壁棟的商場一樓開五金行。湯姆每天起床準備好以後背著紅色瓶蓋的塑膠水壺走過愛棟往信棟的天橋，繞到馬克家門口，爬上小閣樓的鐵窗敲窗戶玻璃，把馬克叫醒以後等他一起去學校。走過長長的天橋，下橋右轉會先經過羅絲家招牌上寫著「西點麵包」的店門口。那招牌真的就只寫了「西點麵包」，當時同學們都以為「西點」就是店名。

二十幾年後的羅絲此刻正坐在素食餐廳最裡頭的座位上，看到他們倆進來，站起來說：「好久不見啊，湯姆。」

湯姆、馬克跟羅絲的名字都是小學的音樂老師取的。說是方便記憶的緣故，音樂老師每年都準備同樣的四十個英文名字給四十個學生。由於他準備的四十個英文名字每年都一樣，所以三年級有一個羅絲，四年級有一個羅絲，五年級也有一個羅絲。但這三個羅絲卻都是不一樣，不同年紀、不同年級的小朋友。那時候湯姆、馬克跟羅絲是三年級的湯姆、馬克跟羅絲。那個音樂老師後來死在學校宿舍裡，聽說是因為吃了太多泡麵導致得了肝癌。那個手指細細長長，瘦瘦高高的音樂老師，死在學校音樂教室後面隔出來的一個小房間裡，那是學校留給單身的他，小小的宿舍。宿舍裡只有一套碗筷、一個大同電鍋、一張床、一個穿衣鏡，和一台YAMAHA電子琴。

湯姆坐了下來，就跟羅絲講起了這件往事。

「是啊，不過現在都沒有人叫我羅絲了呢，我現在叫寶拉。Paula。」

寶拉現在是化妝品的美容顧問，皮膚保養得非常好，一點都看不出來已經四十歲了。湯姆和馬克誇了她的皮膚，她說：「可能因為是做美容這行的，平常比較注意的關係吧。但年紀到了就是到了喔，怎麼保養也比不上年輕的時候呢。」四十歲的女人皮膚永遠比不上十歲孩子的，但十歲孩子也沒有四十歲的女人很多東西。湯姆想。不過他還是繼續誇讚羅絲，不，寶拉的皮膚。

馬克、湯姆和寶拉聊著兒時的一些趣事，就像點名一樣，他們各自考驗對方的記性，把一些名字拿出來聊。

「你還記得那個阿發嗎？前一陣子我車壞了，去修車，結果拿車的時候跟我交車的就是他。」

「他在修車？」

「嗯，應該是，名片上寫技師。」

「我們小時候都欺負他。」

「嘿，真的，大家都欺負他。」

「那個陳維寧記得嗎？」

「星期三的便服日都打扮得跟公主一樣的那個嗎？」

「對呀，高高的跟模特兒一樣。」

「在幹什麼現在？」

「不知道。」

「不知道。」湯姆聳聳肩，許多同學都消失了。

餐廳位於鬧區的巷子裡，偶爾還是有車從窗外經過，不過沒有車經過的時候，窗外密密麻麻的竹子植栽會讓人誤以為餐廳不是在鬧區裡。寶拉把吃不下的甜點推給湯姆吃，是冰糖木耳薏仁。馬克問兩個人結婚了沒有。

「結了。」寶拉和湯姆說。

「我也結了。」馬克說。

「又離了。」寶拉接著說。

馬克把他的最後一口湯喝完，是蔬菜八寶珍珠湯，珍珠是蓮子，口味很特別，但湯姆不太能接受。

「有小孩嗎？」

「嗯，兩個。一個十二歲，一個八歲。」

「那為什麼離呢？」

寶拉略微猶豫了一下：「我先生說，過了十幾年，他才發現自己愛的是男生。」

馬克和湯姆不知道怎麼接話，只好擺弄已經空空如也的碗盤，總不能說原來如此吧。馬克靈機一動，拿出他前一陣子才買的富士通即可拍相機，說：「難得老同學碰面，拍張照吧。」

湯姆本不喜歡拍照，原想推辭，但拗不過現在當證券經紀人的馬克。他看著觀景窗裡的馬克，知道馬克此刻也正透過觀景窗看著他的眼，湯姆不由自主地想到馬克十歲時發生的那件事。

馬克的父母當時是信棟很有名的一對夫婦，主要是他們太常吵短暫而激烈的架，就好像午後的雷雨一樣，每次大概持續半小時。馬克的爸平常是個很和藹的胖子，但是喝了酒以後就不容易控制自己。他放棄了濁水溪尾的田產和兩個兄弟到台北來，不料大哥竟然在第二年就莫名其妙因為一場小感冒死去，弟弟則是欠了一身賭債後不知道跑到哪裡躲了起來。馬克的爸因此要一人寄三人份的錢，打三人份的電話回老家。大家都說馬克他爸是個孝順的人，任勞任怨，什麼都好，就是不能喝酒。有一回喝了酒以後，不知道為什麼夫妻又吵了起來，馬克他爸拿著鋸子追馬克他媽，把她的衣服都鋸破了，上頭血跡斑斑。但酒醒了以後馬克他爸又很後悔，在熱鬧的商場跟馬克他媽下跪道歉，就像馬克他媽是電影明星似的。

湯姆有時會到馬克他家買鐵釘，有時候買螺絲，有時候買螺絲起子。但最常到馬克家買釘子的是阿咪，他家開鞋店，常常要買鉛釘。

「為什麼用鉛釘不是鐵釘呢？」

「笨蛋，鉛釘才是軟的，釘到鞋底裡面會倒勾，就不容易掉了。」阿咪說。原來釘子有那麼多種，每一種釘子都有它專門打來對付的材料。

馬克和湯姆常常偷偷跑到信棟上頭的天台，天台上什麼人都沒有，只有天線、電線和天橋上那個賣魔術道具的魔術師。魔術師靠著巨型廣告燈搭了一個可以遮雨的地方，變成小房間。

魔術師晚上會靠在黑松沙士的霓虹燈下看書，從來不曾理會他們兩個，就像只有他一個人在天台上似的。他們都看過魔術師的魔術，湯姆印象最深的是有一次魔術師用一塊大黑布，把他背後天橋上的一段欄杆遮住，在眾人喊到三的時候立馬掀起，全部的人大聲驚呼，因為欄杆不見了，更令人驚奇的是，觀眾們可以直接看到中華路上的車潮，包括原來被欄杆遮住的部分。而後魔術師慢慢躺下斜靠在那個看不見的欄杆上，雙手交叉，就彷彿欄杆還在似的，竟然沒有掉下去。他腳跟前的小黑人帶動大家鼓掌。

「我覺得好可怕喔，魔術師這個人。」馬克說。

「我也是。」湯姆說。「可是，有時候好想請他教我魔術喔。」

湯姆和馬克喜歡在晚飯後溜到天台，他們坐在天台的邊牆上，腳下就是車水馬龍的中華路，看著各種顏色的燈光拉出一道一道的線條。

「好像光的河一樣呢。」

「嗯，好像光的河一樣。」

「你知道嗎？我一直覺得你家武器真多，真好。」

「有什麼好？」

「要是吵架，就可以拿鐵鎚、鋸子什麼的，幹，還有鐵釘。哈哈哈。」

「不好笑。」

湯姆知道不好笑。馬克常常在他爸媽吵架以後去找湯姆，他們倆就到天台上比賽朝對面的百貨公司吐口水，吐著吐著馬克就會說他好一點了。那些霓虹廣告的光，紅的紫的白的藍的打在兩個孩子的臉上，這個世界如此美麗，他們當時不曉得這一點，這世界如此哀傷，當時他們也不曉得。

湯姆永遠記得那是在二月初剛開學的時候，年才剛過，原本歡歡喜喜的馬克他爸又揍馬克他媽了，沒有人知道是什麼原因，馬克他爸理所當然把當時擋在媽媽前面的馬克也揍了一頓。聽說平常滿臉委屈的馬克突然生起氣來，隨手拿了櫃子裡的一支鐵鎚往爸爸頭上揮了過去。馬克他爸擋下了這一鎚，但火氣卻給逼上來，給了馬克一腳，又用他的大巴掌往他的頭揙下去。

「我不要這個家了，我不要這個家了。」馬克說完以後什麼也沒帶地離家而去。

馬克當晚沒有回家，馬克他媽就瘋狂地到處找馬克，但馬克他爸宣布馬克回家就要宰了他。隔天晚上也沒有回家，馬克他爸說這小子去死好了。再隔了一天還是沒有回家，馬克他爸大罵馬克他媽找尋得不夠認真積極。他們先把商場每個人都問過好幾遍，再把商場每家店鋪都翻了好幾遍。作為馬克的好友，湯姆更是被盤問了好幾次。不過湯姆真的不知道馬克去了哪裡，他一開始猜想馬克可能躲到天台，但到了天台卻也沒有發現馬克。警察也來到商場了，他們從忠棟一路盤問到平棟，天台當然也上去了，聽說那個像流浪漢一樣的魔術師因此被趕走，不准他再繼續住在天台。魔術師完全沒有反抗，只是希望讓他有幾天準備的時間，收一收東西以後再走。警察跟商場的總幹事基於人情慷慨地答應了。

馬克依然毫無蹤影。

這真是不可思議，同學本來替馬克擔心，還寫了一大堆莫名其妙不知道要寄給誰的卡片給馬克，老師還請同學上台唸信，搞得大家傷心得不得了，不過現在許多同學已經私下把馬克當做英雄了。能躲父母和學校這麼久，真是太厲害了。那時湯姆的生活範圍始終離不開商場，離開商場就像是離開地球一樣，湯姆開始幻想馬克已經跑到很遠的地方，一個人流浪，走過大河跟一些不知名的山，就像有時候他們在天台上討論的一樣。

「到世界的邊緣，或者最高的地方。」

「最高的地方。」

「到最高的地方幹什麼？」

「好像很厲害啊。」馬克說。

馬克的媽逐漸擴大巡邏圈，聽說因為記得馬克小時候的尿騷味，她遂把公共廁所的尿盆一個一個嗅過一遍，以確定馬克是否還在商場。懷著馬克只要還在世上就一定要找到他的決心，馬克媽的足跡遂從商場擴展到城中區，西門町，接著就出城去。她每天一大清早就開始繞著這城市的每一條街，每一條巷，像一台沒有客人可載的三輪車，不放過城內與城外的每一個縫隙，奔波搜索直到深夜。而馬克他爸竟因此忘了喝酒，也不再吃宵夜，一下子瘦了一大圈，讓人驚覺他年輕時本來就是很瘦的，難怪綽號叫做「雨溜」（泥鰍）。馬克爸在胖了二十年以後，又因為馬克的失蹤變回「雨溜」了。

湯姆則因為兩家情誼不錯，有時被媽媽派去幫馬克的媽顧五金行。撇開馬克失蹤這事，湯姆很享受顧五金行的時光，主要是他終於有機會幫客人秤鐵釘。

「五分釘三斤。」哐啷哐啷，鐵釘倒在秤上頭的鐵盤，然後再裝到塑膠袋裡，沉甸甸的就像金子，湯姆幻想自己在賣金子，這可比包鍋貼要有趣多了啊。

但再有趣也是會漸漸變得沉悶，特別是馬克還是毫無消息，讓人覺得商場上頭停了一朵烏雲。商場的鄰居走過馬克家的五金行時都感受到一種特別的氣味，像是混合了潤滑油甲醇去漬油防鏽劑與哀傷的特殊氣味，讓人聞了想哭。那條通過馬克他家門口的路就彷佛平交道，每個人走過的時候都怕被什麼鬼電氣化以後飛快的火車碰的一聲撞死在那裡。

一個月過去了，兩個月過去了，眼看就快要三個月了。馬克還是毫無蹤影。

突然某一天，馬克出現在家門口。就在馬克的媽大清早拉開鐵門，準備開始去城裡的街道搜索的時候，看到馬克就站在門口，滿臉疲憊，頭髮雜亂，指甲長得不得了，裡頭充滿污垢，而眼神就像電線桿上的麻雀一樣不安。馬克他媽馬上哭得震天動地，像還沒有電氣化的火車，整個商場都醒來了。馬克他爸本來想給馬克一巴掌，但終於忍了下來，一聲不響地走到二樓買了一副燒餅油條和豆漿下來。馬克邊掉眼淚邊把燒餅油條吃掉了。

馬克回來的消息一下子傳遍了商場，大家都來看失蹤三個月又離奇出現的馬克。警察來問案後，一大堆長舌的鄰居都跑來問：

「這三個月汝到底跑去佗位去囉？」

馬克說，「我就是佇商場第一棟到第八棟行來行去。」

「黑白講，這個囝仔可能是頭腦歹去了。」

「攏轉來囉連老母也騙。」

「囝仔轉來就好，嘸免擱問了，萬一刺激著伊就不好囉。」

馬克不理會這些人的問話，坐到騎樓下面，有點茫然地看著商場來往的人群，看著馬克媽和馬克爸的五金行。

「我有幫你賣鐵釘耶，你不在的時候。」湯姆跟馬克說。

「我知道。」

「你知道？」

「我有看到。」

「夯你媽的，連我都要騙。」湯姆吐了一口口水在地上，說：「幹。」

湯姆看著眼前的馬克與寶拉，再次回憶那次離奇的失蹤現身。此刻這兩個小學時的死黨正是在二十幾年前一起失蹤，因緣際會又一起出現在這家素食餐廳不是嗎？

「我也離婚了。」馬克說，「不過嚴格來說，也不算離婚。」

馬克大學畢業以後曾經下過一個和此刻生活截然不同的決定，他和姊姊男朋友一起到巴西承接進出口生意，從中國進口廉價物品到巴西販賣，再從巴西出口一些原住民手工藝品到臺灣。那些年他住在聖路易市東北方一個小城市，由於多數時間只有一個人，沒事的時候就在街上蹓達。有一天到街上的雜貨店買東西時，被一個北方部落來小城叫賣蜂蜜，笑容也甜美如蜜的少女所吸引。回到房間以後馬克輾轉難眠，隔天他想盡辦法打聽到那少女的部落。馬克開始學那個部落的語言，理解那個部落的習俗，並且買了過量的蜂蜜，放到敗壞。他決意迎娶少女回臺，並且透過越洋電話告訴他的父母。馬克媽和馬克爸一開始不答應，馬克乾脆不再打電話回家。

因為部落的習俗，馬克每天送一條從亞馬遜支流捕來的巨大淡水魚做禮物，終於打動了這位叫做伊莉婭的少女和族人，她決定嫁給異鄉客，族人也給予祝福，讓她跟著馬克來到臺灣。馬克說他們的婚姻生活原本很不錯，但一年後伊莉婭無論如何想生個小孩，而馬克唯一無法接受的就是生一個小孩。馬克想起自己還是孩子的時候，深愛著爸爸也愛媽媽，他也相信自己的爸媽互相相愛，只是他們愛的方式不同，馬克的爸沒辦法冷靜地愛馬克的媽，而馬克的媽也沒辦法完全不恨馬克的爸而單純地愛他。這讓長大後的馬克時時刻刻懷疑自己做父親與愛的能力，因而對生個孩子這件事感到恐慌。這件事讓他和伊莉婭衝突不斷。

不過一年後，伊莉婭仍然宣稱她懷了孕。世事本是如此，你越逃避的就越容易來到面前，你越堅持的就越快瓦解。馬克很快地調整心態，開心地接受了這件事，陪著伊莉婭產檢、準備細心呵護美麗的妻子生下美麗的孩子，開始覺得期待做一個爸爸也是非常美好的事。

但一次他出差南部兩天回來，伊莉婭失蹤了。

「完全的消失了。我去出入境管理局查了，沒有她的名字。我動用了所有關係找她，但就是沒有消息。隔一周我飛去巴西，從聖路易市開始，一個小鎮一個小鎮找，到後來一個部落一個部落找，沒有。半年過去了，找不到就是找不到，她完全消失了。帶著可能是我的孩子和那個懷孕的身體消失了。」

湯姆和寶拉看著自己手上的湯匙，不敢互相看對方，湯姆想，怎麼搞的這頓飯。寶拉露出一個優雅的哀傷笑容，說：「你好像比我慘？哈。」

「我花光了前十年賺的錢，回臺灣以後，只好做買空賣空的金融業，把錢再賺回來。」馬克說：「我打算賺夠了錢以後，再去巴西。」

「搞不好她沒有離開臺灣呢？」

「嗯，沒錯，搞不好，所以這幾年我把一部分的錢都給了徵信社，自己一有空就在這個城市一條街道一條街道走，一條巷子一條巷子走。不騙你，不可能有人比我走過這城市更多遍了，不開玩笑，我連路上的鴿子都問過了。這是她的照片，看到的話通知我一聲。」湯姆和寶拉看到照片時不禁深深吸了一口氣。照片裡的女人像是一種非現實性的，野性的存在，像雌豹一般的美。湯姆想，沒錯，就是像雌豹一般的美。這樣的女人走在街上，是不可能失蹤的。一頭豹子在一座城市裡怎麼會失蹤？

聚餐結束後，馬克開著車離開，湯姆和寶拉則信步往捷運站走，即使是陰天，保養皮膚無微不至的寶拉依然撐著傘。那一小段路湯姆有點墜入愛河的感覺，不過寶拉已經離婚，而自己還在婚姻中。這樣的感覺無非是幼稚、單純、愚蠢的。

寶拉的高跟鞋很有節奏地踩在紅磚上，準確地避開了磚與磚的細縫，湯姆常常看到有穿高跟鞋的女人卡在人行道上，那可真糗。但寶拉似乎沒有這樣的問題，她的每一步都謹慎無比，靈敏輕巧地像一頭水鹿。

「你記得馬克小時候失蹤那件事嗎？真不可思議，一個十歲小孩能跑到哪裡三個月不見人影？」

「是啊，真不可思議。」湯姆說。

一個月後湯姆接到一通電話，是警察局打來的。

「蔡先生你好，請問陳嘉揚你認識嗎？」

「認識。」

「嗯，是這樣的。他自殺了，嗯，沒錯，本來不關你的事，他的家人已經來處理了。但是他有一個盒子留給你，他家人覺得還是應該交給你，不過他們暫時人離開台北了。我們這邊也需要你簽收，所以如果可能的話，麻煩你來警局一趟。」

湯姆放下手機後，覺得好像聽到以前他爬上馬克家鐵窗外，咚咚咚地敲玻璃叫醒馬克的聲音，馬克有時睡眼惺忪地打開窗戶，有時整個人睡死了——從玻璃窗外面看，馬克一動也不動地躺在他家閣樓的地板上，還真像死去了一樣。這時湯姆通常會更用力地敲玻璃，就好像決意把玻璃敲破似的那麼猛烈，馬克才會突然驚醒。

湯姆搭上計程車，看著窗外的街景像水流一樣流過心頭。他撥了通電話到警局，要求警察是否能讓他看一下現場。由於剛好有一個高階警官是湯姆父親的舊識，警方通融了，畢竟他是馬克唯一留了東西的人。聽說馬克連父母都沒有交代什麼，也沒有留下什麼給他們，連遺書都沒有，就好像只是暫時離開去超市一樣。

湯姆想起當年馬克回來以後，自己在天台上逼問他究竟是去哪裡的情形。

「你們一直問我去哪裡。唉，我只跟你一個人說。所以你不能跟別人說。」

「好。」

「我只跟你一個人說喔。」

「廢話。快說啦。」

「你記得我們在廁所畫的畫嗎？去年的時候，我們不是把第一間女廁所的右邊牆壁，畫上跟對面第一百貨的電梯一樣的那個按鈕？然後玩坐電梯的遊戲？」

「對。」

「第一間從一樓畫到九樓，第二間從十樓畫到十九樓，第三間從二十樓畫到二十九樓……，然後到三樓的最後一間，是九十樓到九十九樓？」

「當然記得。一樓賣化妝品，二樓賣男裝，三樓賣女裝，四樓賣玩具……七十樓全部賣鹹蛋超人，七十一樓全部賣恐龍救生隊……。」

「對，用簽字筆畫的。那天我在天橋上走來走去躲我爸跟我媽，但是後來找我的人越來越多，我躲到沒地方躲，所以決定躲到三樓的女廁所裡頭。」

「可是女廁所他們也找過啦。」

「是啊，我聽到他們的聲音越來越近，我爸跟我媽一直喊我，我趕快躲到最後一間去。」

「九十樓到九十九樓那間。」

「對。九十樓到九十九樓那間。然後我聽到他們進來了。我一急，就按了九十九樓的按鈕。」

「那按鈕是畫的啊。」

「不，那按鈕是真的。」馬克吸了一口氣說，就好像他如果不深吸一口氣，會連自己都不相信自己的話：「我前一天晚上躲在天台，那個魔術師看我一個人就走過來跟我聊，不知道為什麼，我就把家裡的事都跟他說了。他說如果我真的不想再被找到，就到那間廁所裡去，按九十九樓的按鈕。」

湯姆一語不發地看著馬克。

「我一按下去那間廁所就開始動，就像百貨公司電梯正在往上爬一樣的感覺。他們的聲音越來越小，我坐了好久好久的電梯，大概有一部卡通那麼長。電梯停了，打開的時候，你知道我看見什麼嗎？」

「看見什麼？」

「雲。我的前面都是雲。」

「呃……雲？」

「騙你的啦，傻瓜。不是雲，什麼都沒有變，就是女廁所。哈哈。我爸跟我媽還有商場的人都走了，我走出來，什麼都沒有變。」

「幹，你到哪裡去了？」

「哪裡都沒去啊，我不是跟你說過了。我就在商場前前後後一直走，哪裡都沒有去。奇怪的是，商場的人看不到我了。我走到我家前面，看你在那邊秤鐵釘，很想給你一拳。但沒有辦法。」

「你的意思是你變得像透明人？」

「不是透明人，我不會講啦，很像在看電影的感覺，很像看到自己在電影裡面的感覺。我跟著我媽走，看她一邊走一邊哭。走到後來我覺得自己再走下去就快要死掉了。」馬克的眼神變得哀傷。

「但是沒有死掉。」

「沒有死掉。肚子餓了我就跑到溫州大餛飩那邊吃麵。」

「還可以吃麵？」

「嗯。」

「可以吃鍋貼嗎？」

「有時候也去你家吃鍋貼。」

「你以為我是白癡喔。」

「沒有啊，我說的是真的。」

「馬克，你他媽我把你當好朋友，你把我當白癡喔。」

「沒有啊。」

「幹。」

馬克自殺的地方是在大樓的電梯間。由於電梯需要一定的空間放機房，大部分機房在頂樓，而最底下還會留下一個空間，以維修電梯。馬克就是在那裡上吊自殺的。馬克孤伶伶地吊在那裡兩個星期都沒有人發現，整幢大樓運作如常，只當馬克是曠職了，直到每月的電梯維修日才被技工發現。

湯姆坐上警車，隨著警察到警局，一直壓抑著自己的呼吸。他想起馬克回來以後，他自己曾多次躲到那個畫了九十樓到九十九樓的女廁所，很想卻一直不敢真的按下去。他想，如果按下去，真的像馬克說的，到了一個所有人都認識你卻沒有人看得到你的地方該怎麼辦？湯姆忘了問馬克那時是怎麼回來的。馬克究竟是怎麼回來的？怎麼樣才能讓馬克再回來，就像一個月前素食餐廳那場會面？

辦好一切手續以後，警察拿出那個馬克要交給湯姆的盒子，沒什麼特別的盒子，有點像放鳳梨酥的米色餅乾盒。打開來一看，裡頭放著像一頭豹的伊莉婭的照片，還有一張紙條，紙條上面寫：

「嘿，湯姆，在你讀到這封信的時候，我已經到了第九十九樓。說真的，九十九樓跟一樓，並沒有什麼不一樣，別擔心。幫我跟一樓的朋友們問好。你的朋友馬克。」紙條最後則畫著一顆眼珠，寫上他的英文名字，那是馬克從小寫信簽名的習慣。

湯姆試著想像馬克的身體吊在電梯下面，這個想像沒有什麼畫面，只是讓他的思緒凝結住而已。唯一的畫面就是電梯裡的數字，不斷往上跳動的數字，緩慢上升的數字。天

石獅子會記得哪些事?

石獅子會記得哪些事？

不知道你會不會同意，鎖對人類文明的意義重大。我想打從穴居時代，有人用某種東西當門的那一刻開始，一副可以阻擋開啟的鎖就出現在他腦中吧。你知道嗎？鎖的歷史比印和闐設計的金字塔還古老，而最早的一把鎖是在約拿曾經佈道的尼尼微郊外的建築廢墟中發現的。我看過書上那副門鎖的照片，你不會認為它真的已經有那麼久遠的時光，因為鎖的形狀跟形式從一開始發明到現在，就很少改變。

鎖跟鑰匙的發明並非同步。因為鎖一開始是從「裡面」的防禦，後來才成為「外面」的關閉與開啟。在上古時期，人們離開自己的屋子，或者想守護某個東西時，他們用的是打繩結的方式來上鎖。繩結本身就意味著一種技藝，因為繩結的打法與解法都必然是一個祕密。據說希臘人會在繩結上下咒，被下了咒的繩結得有兩重解開的方式，一是繩結本身，另一重則是精神上的。人們得花一段時間，才會發現精神上的咒語維繫得甚至比較久一點，不過，對那些根本不相信咒語的人來說，精神上的防禦是脆弱而可笑的。

據說是希臘人發明了第一把鑰匙，那鑰匙長得像把彎刀，可以從門外伸進被刻意留下的孔縫中，撥開或拉上設在門內的木栓，因此開鎖與關鎖都得側耳傾聽木栓的聲音。這個傾聽的動作至今仍被保留在每個鎖匠的身上，行話裡把這個動作叫做「聽鎖心」。多年後鑰匙與鎖遂結成一種新的形式，一種超乎尋常的親密依附，開啟的聲音因此更加細微難辨。

可攜帶的扣鎖可能是中國人發明的，人們開始想要一種可以帶著走的鎖，配上一把可以帶著走的鑰匙，那種叫做花旗鎖的扣鎖，造型有時是一隻魚、一把刀，甚至是一匹馬。羅馬人為了方便，而把鑰匙設計成像戒指的形式，所以你也可以說婚戒是個隱喻，是一種行動的鎖。

你知道龐貝城吧？那個被火山灰掩埋，卻像默片時代的電影一樣被保留下來的城市，裡頭有一間被保存得異常完整的鎖鋪。鋪子中除了在牆上跟桌上展示著各種形式的扣鎖與門鎖以外，鑰匙被當成一種精緻的藝品打造，它們甚至在表面被包覆以金銀，搭配華麗的袋子。而鎖匠已經藏有本身就像謎語的萬能鑰匙。鎖匠必得是這個城市的居民信任的人，因為他的能力如此獨特，像個穿牆人。

越難開啟的鎖跟鑰匙的關係就越藝術化。鎖片的構造，變成只有一把專為穿梭在那個像心一樣充滿障礙、暗碼的旋轉通道，精心削製獨特刻痕的鑰匙方能打開。我曾經打過一把鑰匙，上頭總共有六十一種不同角度的傾斜。

我把打造鑰匙當成一種沉迷，算算已經二十幾年了。我夢想過打造這樣的一把鎖，唯有鑰匙刻上尼卡諾爾・帕拉的詩句才能開啟，比方說「我要我的靈魂找到合適的軀體」。而且，只有某種筆跡的刻痕才能開啟。我想像那把鑰匙像一隻小鳥停在門旁的掛勾上。

當我們告別的時候總要把鑰匙收回，或者換一把鎖。偶爾我會想起，自己也許有一把鑰匙還留在哪裡似的。

我母親晚年的時候常常忘了帶鑰匙，我因此替她做了一條栓在皮包裡的鑰匙鍊，上頭的每一把鑰匙都貼上了不同顏色的貼紙。只要帶著皮包就會帶著鑰匙，當然如果連皮包都忘記就沒辦法了。

我母親一直到過世的前一年都還沒有忘記的就是幾組數字，我的生日、父親的忌日，和大甲媽祖的生日。我懷疑她連自己的生日都忘了。每年大甲媽祖生日的前一周（因為那周去人會太多），我就載我媽回大甲一趟。那個小鎮裡已經一個她的親人都沒有了，但我媽每年都還得去確認一次這樣的事實。

我把車停在附近的停車場，然後陪我媽拜拜、捐香油錢，再到對面一家賣土魠魚羹的老店吃飯。接著我們會開車往海邊一個小漁村繞一趟，那是她出生的地方。她從來不曾要求看海，因為「囝仔的時陣看到閒（膩）囉。」

每年進到廟的那一刻，我都會想起我十歲那年跟她還有我爸爸一起回大甲拜拜的情形。我草草地把十個香爐一一插上香，百無聊賴地四處跑跑看看。我喜歡看正殿兩旁放的巨大的千里眼和順風耳，媽祖生日的時候祂們就會活過來，還會大搖大擺地走路。

我也喜歡石獅子，因為祂們突出的眼，捲曲的鬃毛，永遠開著不知道是笑還是要威嚇什麼的嘴。公獅子踩著滾輪，母獅子腳邊有小獅子。還有那火燄一樣的尾巴，半收到腳掌裡的爪子。祂們雖然保持著獅子的姿態，但跟現實中的獅子長得有很多不同。稍微大一點的時候，我曾經問廟裡的解籤叔叔為什麼石獅子跟一般的獅子要長得不一樣？他說他也不曉得。可能是廟裡的獅子，並不是普通的獅子吧。

鎮瀾宮不只一對石獅子。門口的大石獅子是後來新雕的，巨大威武卻缺少神氣，中庭也有另一對石獅子。但我每次都喜歡到天井摸那對跟我當時差不多高，長相可愛的石獅子。雖然廟裡的解籤叔叔說石獅子也是神，但坦白說我覺得這對石獅子的造型有點卡通，兩頭獅子左右對望，都有著像蠶寶寶一樣粗粗的眉毛，怎麼樣也不像神。解籤的叔叔解釋說，踩著小獅子那頭是母的，至於為什麼母獅子要踩著小獅子呢？大概是像母貓跟小貓玩一樣吧，他說。比較特別的是，母獅子的嘴巴是閉上的，公獅子卻咧開了嘴，彷彿為了什麼事情發笑似的。

兩頭獅子因為歷史久遠，被來往的香客摸得溫潤光澤。我喜歡拜拜的人在摸石獅子既虔敬又帶點遊戲的動作，好像祂既是神明……這麼說也許有點不敬，可我真覺得，祂又有點像是豢養的寵物似的。我每次一定偷偷地摸石獅子的肚子。那天不曉得為什麼，我不由自主地被公石獅子咧開的嘴所吸引，不由自主地把手送進祂的嘴中，就好像是祂要舔我的手似的。我媽出來的時候恰好看到，她扯了我一把，並且在人來人往的天井當場給我一巴掌，說：

「死囝仔，汝不知影阿蓋仔頂一擺將手擱入去石獅仔的嘴，結果按怎汝知否？」

阿蓋仔是我阿姨的兒子，和我同年，也跟我一樣是班上的邊緣分子。現在我回想自己的小學時光，大概班上的同學可以分成兩類。一種是成績屬於「爭取獎賞」的圈圈，一種是屬於「逃脫懲罰」的圈圈。我和阿蓋仔都是屬於「逃脫懲罰」那個圈圈的，就是唸書努力的目標只能設定在不被打而已。

阿蓋仔所以被稱為阿蓋仔，當然是因為他超過當時同學的唬爛能力，他是那種在很小的時候，就可以把整件事說得驚人完整的孩子。很多我們一起幹過的壞事，在他的口中說起來更有一種壞的魅力。比方說我們偷走插在天橋上的國旗，在「真正第一家陽春麵」的滷味裡偷放蒼蠅，當平交道放下柵欄以後玩「衝過去」的遊戲，在阿蓋仔的口中都變成一種不該被譴責的義行似的。

據我媽說那天阿蓋仔跟我阿姨到媽祖廟拜拜的時候，也是把手伸進去那頭公石獅子微笑的嘴巴，比我更糟糕的是，他還一面對著石獅子說：「予汝喫，予汝喫。」

那天晚上阿蓋仔睡著之後，夜半被一種奇異的腳步聲驚醒。那腳步沉重、紮實，卻又小心翼翼地落在地上，好像是放下一只珍貴的瓷器似的。一會兒，阿蓋仔感覺到門外有什麼站在那裡，這讓他心口突突突突跳。他從床上跳了起來，按下門鎖，再跳回床上。經過大概一秒鐘或更長一點的時間，門鎖「豆」一聲跳了起來，阿蓋仔趕緊拉起棉被蓋上眼睛。

門把被轉動了，阿蓋仔則不爭氣地尿了床，並且發現自己一點聲音都發不出來，感覺舌頭被什麼綁住了。他鼓起勇氣透過被子的縫隙，彷彿看到一頭石獅子的影子。不會錯的，就是那頭石獅子，粗粗的像打了好幾個繩結的眉毛，嘴巴彎曲成八字形的弧度，就是他把手伸進去嘴裡，然後說「予汝喫，予汝喫」的那頭公石獅子。

石獅子慢慢地走進房間，臉上始終帶著神祕的微笑。祂用石頭做的左前爪壓住阿蓋仔，然後將右前爪伸進阿蓋仔的嘴。阿蓋仔彷彿聽到祂說了：「予汝喫，予汝喫。」

阿蓋仔覺得自己正在用一顆石頭在漱口似的，霎時天旋地轉，用盡力量才終於哭了出來，揮著手說「不要啊，不要。」然後石獅子突然消失，只有他孤伶伶地坐在床上。

原來是夢。

但並不是純然是夢。阿蓋仔一共掉了五顆牙齒，他的牙齦腫脹流血，一個星期以後才好。有好一段時間，阿蓋仔的綽號變成「無牙仔」。

我被我媽轉述的這個故事深深震驚，她的表情讓整個故事更有說服力。那天晚上我幾乎完全沒睡，等著石獅子上門來。我用爸爸壞掉的配鑰匙座擋住門，作為一種脆弱的防禦。但石獅子終究沒有上門來，我則是坐著睡著了。

一個星期後的某天晚上，我因為隔天要考試的關係，特別早被我媽趕上床。我家在商場三樓有一間小小的閣樓式房間，下面是「洗身軀間」以及我們全家放雜物的空間，上面則是我和媽媽睡覺的地方。爸爸有時候洗完澡就回去睡在店裡的藤躺椅上，沒辦法，房間太小了。

我醒來的時候媽媽仍然熟睡，房間的門已經被拉開，我家房間的門沒有門鎖，因為房間只是用一塊可拉動的木板把整個空間一分為二而已。我醒來的時候懊悔不已，因為那晚我忘了用打鑰匙用的固定座來擋住拉門了。

我看到一隻石獅子坐在門口面對著我，沒有錯，就是我在大甲戲弄過的那隻石獅子。那捲曲的鬃毛，那粗壯的腳掌，那像打了繩結的眉毛，和神祕的笑容。我沒有哭也沒有叫，可能是因為這整個禮拜都在等祂出現，已經有心理準備的緣故吧。

我還記得醒來的前一刻正在做著一個夢，夢見我騎著某種有蹄的動物走在天橋上，為什麼知道那動物有蹄呢？因為牠踩在天橋上踢踢踏踏的啊。我騎在牠背上所以看下去的馬路變得非常可怕，趕緊從牠的身上跳了下來。那一瞬間天橋突然變成一條河，我曾經幻想過如果城市淹水就可以躲到天橋上，但像這樣天橋都變成一條河就沒有辦法了。我掉到河裡，並且很快地就喝了幾口水，就快被淹死的時候被一個什麼拉上岸，一看原來是石獅子叼著我。我回頭望向河流，商場已經不見了，被什麼吞沒了。

因為這個夢的關係，我一醒來看到石獅子的時候幾乎想向祂道謝，當然，也順便道歉。我真的不是故意把手伸到祢的嘴巴裡去的，而且我並沒有像阿蓋仔那樣說「予汝喫，予汝喫」啊。

石獅子沒有瞳孔，但我覺得祂光滑的眼睛瞪著我瞧，並且用前爪示意我跟著祂。我想叫醒媽媽，但舌頭被綁住了，自己的身體竟然也不由自主地跨過她的軀體，隨著石獅子走出大門。我跟著石獅子後面，發現原來石獅子走路跟真的獅子幾乎一樣，祂雖然是石頭雕出來的可是踏在地上卻無聲無息，好像那個打造祂光滑、結實身軀的石塊是毫無重量的，這種感覺真奇妙。

石獅子從商場三樓右邊的樓梯下到二樓，經過女廁，然後再下一段樓梯，左轉到了上天橋的地方。祂轉頭看了看我，然後上了天橋，用優雅、毫無忌憚的步伐，在無人的、深夜的天橋上躑躅徘徊。那樣子倒不像是在考慮走向何方，而是刻意暗示我應該多停留在這樣的視野似的。然後祂再次舉起看似沉重卻輕盈的腳步，往另一棟商場走去。

這都是我熟悉的路，熟悉的場景，只是在我那個年紀，我從來沒有那麼晚在商場的天橋上走動而已。

石獅子走過鍋貼店、徽章店、集郵社，像在選什麼似的每一家店都左右顧盼一番，最後才停在一家鞋店的門口。那是我阿姨家。石獅子坐了下來，彷彿那裡頭有著什麼似地深深凝視著鐵門。由於獅子坐著跟我當時差不多高，為了避免被祂的頭顱擋住，我鼓起勇氣走到祂的旁邊。當我側頭看石獅子的時候，祂也側過頭來看著我，我發現那眼睛雖然沒有瞳孔，卻彷彿有一種火燄般的光流轉其間。

隔天考完試回到家，我百無聊賴地坐在騎樓吃西瓜，我習慣把西瓜籽存在腮幫子，然後再一顆一顆地吐到地上，想像自己在播種一塊小小的田地。我們家的水果都是跟一個挑著扁擔沿著商場叫賣的阿姨買的，她賣的水果並不漂亮，但我媽說大家都是「艱苦人」，就盡量跟她買吧。

午後我信步踱過天橋，有意無意地走到我阿姨家的鞋店。阿姨看到我又給了我一片西瓜，我和她的女兒佩佩一起吃著西瓜，阿蓋仔則不知道跑哪裡去了。那時我不知道為什麼，只覺得總是沒在阿姨家看到姨丈，在那樣的年紀並不容許，也不需要我知道那麼多細節。

我和佩佩吃完西瓜，我心裡想著該不該把石獅子的事告訴她們。我想問她們，昨天晚上有沒有看到一頭石獅子坐在門口呢？但終究還是沒有開口。

我走回天橋，黃昏時天橋上的人特別多。我先逛逛賣烏龜和鱉的攤子，又被一個玩具攤吸引過去。那個攤子賣的是當時非常流行的，一個煙斗造型的塑膠玩具，前面可以放個小小的球。吹氣的時候如果力道控制得當，會讓球一直飄浮在煙斗的上方。坦白說現在想起來根本是一個很蠢的遊戲，因為玩的人都會變成很白癡的鬥雞眼，不過當時流行得不得了。

我走到那個流浪漢似的魔術師的攤位前面時，他正表演撲克牌讀心術。就是無論你抽到哪一張牌都不要讓他看到，他能正確地猜出來。方塊七、黑桃三、梅花六……我想那一定是牌的後面做了記號吧，我爸曾經告訴過我，那一定是牌的後面用螢光筆或看不見的墨水做了什麼記號之類的。那沒什麼。

魔術師看大家意興闌珊，遂招招手要我過去，我有點猶豫地走過去，突然他手快速地凌空一抓，宣稱他已經拿到我身上的一樣東西。我摸遍了自己的口袋，發現鑰匙不見了。魔術師打開手掌，正是我的鑰匙。這是小偷的手法而已，沒什麼，他只是像賊一樣從我的口袋裡把鑰匙拿走。掌聲果然也零零落落，誰會為一個賊鼓掌呢？

不過魔術並沒有結束，魔術師接著取下他的皮帶釦。說是皮帶釦並不正確，因為那只是一個小小薄薄的像夾子一樣的鐵片，他用來夾住自己太鬆的褲頭的一塊鐵片。魔術師把鐵片跟鑰匙一起放在手掌跟手掌之間，接著以我從來沒有看過的專注眼神凝視著自己的掌心。他慢慢地摩挲著手掌，就彷彿那裡藏有什麼珍重的事物似的。

然後魔術師打開手掌，鐵片不見了，變成一把鑰匙，而那把鑰匙看起來像我的。圍觀的觀眾這次迷惑了，不曉得該不該為一個只是把鐵片變不見的魔術鼓掌。

魔術師看著我，示意我翻翻我的右褲袋，我翻了我的右褲袋，那裡有一把我家的鑰匙。我迷惑了，有兩把我家的鑰匙。為了證明這一點，他伸手把我手上這把鑰匙接過去，然後讓兩把鑰匙各用一手的食指和拇指拿住，此刻所有圍觀的人都看到了，那是兩把看起來一模一樣的鑰匙。每個鋸齒、凹槽、傾斜角度、長短都一模一樣的鑰匙。

這時候觀眾心甘情願鼓掌了，他們真心地鼓起掌的時候，那掌聲跟不甘不願鼓掌的聲音，有著極大的差別。真正的掌聲有讓人著魔的力量，會讓人想再聽一次。我也跟著鼓掌，感覺自己參與了一樣如真似幻的活動。我想我爸如果學會這套魔術，就不用開著六十瓦的燈泡踩著砂輪機打鑰匙了，咻一下鑰匙就打好了不是嗎？

但當最後魔術師只把一把鑰匙還給我時，我機伶地感到哪裡不對。

正像我說的，我父親在商場二樓開著一家裝鎖開鎖打鑰匙兼刻印章的店，我們家的櫥窗雖然不大，也展示著好幾種樣式的鎖。對我而言，從小就知道一件事，那就是所謂的鑰匙一定對應著一組能被打開的鎖，否則那鑰匙就全無意義了。而魔術師留下了一把我家大門的鑰匙，這不就代表他能夠輕易地進出我家的門？（雖然我開始想像魔術師說不定也會穿牆術，那麼他留這把鑰匙就更沒意思了，不是嗎？）

「你應該把那把鑰匙也還給我。」

「嗯？」

「我說你應該還我另外一把鑰匙，因為那是開我家大門的鑰匙。」話一出口，我就發現我不該講那是我家大門的鑰匙，因為這樣就被魔術師知道了。

「小朋友，就像你知道的，鑰匙是打開鎖的東西，但事實上也有些鎖是沒有鑰匙的，而也有些鑰匙什麼也打開不了。我現在手上這把鑰匙，並不能打開你家的門。」

「我不相信。」

魔術師將他那把鑰匙拿了出來，和我手上的這一把一起放到我的眼前，仔細一看，我才發現兩把鑰匙似乎有一點不同，至於哪一點不同，我卻又說不上來。魔術師說：「因為我這把鑰匙是夾褲頭的夾子變的，它本身只是個夾子，不會是一把鑰匙，雖然它現在看起來是那麼像一把鑰匙……。」他復又將手上那把鑰匙收回掌中，拉起上衣，那把鑰匙……不，那塊鐵片又好好地夾在他的褲頭上，變成褲頭釦之類的東西了。

我有點屈辱的感覺，卻又覺得不可思議，不知道怎麼接話，因為鑰匙已經不存在了啊，那我怎麼要回那把鑰匙呢？

那天晚上我怎麼也睡不著，一方面是昨天那場石獅子的夢，一方面是魔術師的魔術。一直掙扎到半夜，我決定跨過媽媽，偷偷地打開大門，溜了出去。雖然是夏天，但天橋上卻有一陣陣的涼風吹來，我第一次發現，原來商場上的霓虹燈，在這麼晚的時候是會關上的，而且一旦霓虹燈關上了，竟然就可以看到天空中的星星。晚上的城市並不算安靜，摩托車仍然四處穿梭著，我拍著天橋上的欄杆，走到另一棟商場，走過鍋貼店、徽章店、集郵社，然後站定在我阿姨家的門口。看來一切如常，每家商店都拉下鐵門，都好像正在做夢一樣。

不知道過了多久，我發現阿姨家的門有些不同了，彷彿被什麼物事輕輕推動一樣，讓鐵門不安地呼吸起伏著。接著，黑色的煙從鑰匙孔和鐵門縫鑽了出來。一開始我還不曉得是怎麼回事，但旋即我猜那可能是失火了。我大叫，失火了，失火了，一面拍著鐵門。

隔壁的鄰居有幾個人聽到我大叫的聲音拉起鐵門，他們知道了狀況以後開始想打開我阿姨家的鐵門看看裡面發生什麼事。我突然想起了一件事，飛奔回我家，打開桌子底下我的一個蛋捲鐵盒。我花了一些時間才找到阿姨家的鑰匙，再次跑回現場的時候，遠方也開始傳來消防車的聲音了。我喘著氣把鑰匙遞給集郵社的老闆，他冒著越來越濃重的煙霧去開鎖。不一會兒五金行老闆拿了兩雙厚手套給自己和集郵社的老闆戴上以免被鐵門燙傷，然後合力把鐵捲門拉開。

煙霧一下子衝了出來，好像一頭獅子。後來我才知道那是非常危險的事，因為如果火已經燒到鐵門附近的話，竄出來的就會是火了。但那微妙的推開鐵門的頃刻，卻也是佩佩活下來的關鍵。因為後來在清理火場時發現，我阿姨已經拚著最後一口氣，把佩佩跟阿蓋仔推到鐵門旁邊，她只是再也沒有氣力打開鎖而已。

我阿姨在當天晚上就過世了，隔了一天，阿蓋仔也死去，我想像他們身體裡充滿黑煙，連同那間小小的鞋店變得一團模糊。在濃煙和大火裡活下來的只有佩佩。

多年以後我仍然不能理解，夢中的石獅子帶我到我阿姨家門口，究竟是一種提醒，一種懲罰，抑或是一種恩賜？後來我才知道，原來姨丈已和阿姨離婚，早已放棄了所有孩子的扶養權，唯一讓他懊悔的事就是他也得不到保險費。為著道義上的理由，我媽媽收留了佩佩。那陣子我看到佩佩的眼睛常常覺得那是一個黑洞，好像這個女孩正活在某個虛空，此刻任何事都不值得信任一樣。每回我從學校回家，從憲兵隊的位置望向商場，阿姨家燻黑的窗與牆面，讓它看起來就像商場的一個深深黑黑的鑰匙孔。

我不曉得媽媽對她妹妹的死感受如何，目睹整個事件的我卻是真正第一次感受到所謂生命的剝奪感。阿蓋仔死了，沒有人跟我一起計畫隔天的搗蛋行程，沒有人把我們的英雄事蹟廣為宣傳，沒有人從後面突然拍我肩膀嚇我一跳，沒有人張著那口掉了五顆牙齒的嘴，旁若無人地在天橋上大笑。

那就好像有人從你生命裡取消了什麼似的，你從此以後可能怕關上那個嗡嗡作響的燈泡後的黑暗，以及它隨即所引來的一切。

也許我該解釋一下為什麼會有我阿姨家的鑰匙。我說過我是鎖匠之子，我父親從我會拿筆開始，就教我怎麼使用挫刀、教我觀察鑰匙，如何模仿打造開啟鎖的祕密。他用固定座的一邊夾住一把鑰匙，另一邊夾住一把鑰匙的雛型，展示給我一把鑰匙成為一把鑰匙的關鍵。

「愛注意每一個凹落去，浮起來的所在，愛注意角度，一絲仔攏無清采哩。」我爸說。

如果你認識鎖匠就會知道，鎖匠都有一個地方放置不同形狀的鑰匙雛型，我們叫它「鎖匙模仔」。扁的、圓的，十字的，甚至是四方形的鑰匙，都已經預先決定了它們未來會成為哪一種形態的鑰匙。爸會腳踩砂輪機，將那塊鐵片漸漸磨出鑰匙的形態，有時候則用穿孔機在那上頭鑿出凹槽，或者是用斜磨刀磨出角度，有時候我看著爸的眼神，覺得好像他在處理的不是一把鑰匙，而是更重要的什麼似的。

鎖匙模仔被「打」成一把鑰匙後，得再把兩把鑰匙放在燈泡底下仔細對照，然後用挫刀把那些細微之處修齊。越是好的鎖對鑰匙的配合度要求越高，我認為我爸要是沒有當上鎖匠，說不定就成為雕刻家了。我不知道這麼說對不對，他凝視著鑰匙的神情，洋溢著他面對生活中其他事物，我未曾見的熱情。

我爸常把一些客人留下不要的鑰匙讓我練習，我用他的機台，一次又一次試著「打」鑰匙。不知道從什麼時候開始，當商場的鄰居拿他們的鑰匙來備份時，我會偷偷打下一些備份的備份。我這麼做並沒有什麼惡意，只是對每一種鑰匙的形狀著迷。我爸說鑰匙一定要實際開過才算鑰匙，一個好鎖匠打出來的鑰匙仍然有一定的機率根本打不開鎖。

「鎖匙佮鎖是有感情的，會越開越順。」所以我打的都是沒有經過實測的，所謂「生的」鑰匙，一旦鑰匙變得非常好開，就是鑰匙跟鎖「熟」了。

有一回佩佩來打鑰匙的時候，我偷偷留下了她家鑰匙的備份。那把我交給集郵社老闆的「生的」鑰匙，在他伸進那個正在燃燒的大門鎖孔的那一刻，打開了那個鎖，終究讓佩佩單獨地活了下來。而如果當時那把連學徒都不算的我所打的鑰匙根本打不開那個門呢？

現在回想起來，是我的那把鑰匙，把佩佩留了下來。

佩佩住到我家以後，我家的空間遂重新分配。她和我媽媽住進「房間」，而我則跟我爸爸睡到二樓的店裡面。我媽和佩佩假日會到北門賣搖搖冰，不知道為什麼，或許是那時候大家開始變得有錢，所以換鎖或遺失鑰匙的事也變得頻繁，家裡的經濟開始轉好。我媽媽說是佩佩為我們家帶來好運。高中時我和佩佩都考上了不錯的公立高中，而我爸在中和買下了一層公寓，因此我和佩佩都各自擁有一個可以上鎖的房間。

每年爸爸、媽媽跟我都會搭莒光號到大甲，去鎮瀾宮拜拜。我都遠遠看著中庭那對石獅子，想著那件童年發生的事，無法忘懷。那石獅子，真的在意有人把拳頭伸進祂的嘴裡嗎？那祂為什麼不像對待阿蓋仔一樣，弄斷我幾顆牙齒就算了呢？

佩佩常常從學校圖書館借書回來，她讀的都是我看不懂的《基督山恩仇記》、《咆哮山莊》、《理性與感性》之類的東西，她跟我說她試著在寫一些東西。我問寫些什麼？她說如果有一天寫好她可以給我看。我想她跟阿蓋仔是同樣的人，阿蓋仔擅長用嘴巴講故事，佩佩則用寫的。我則越來越迷上了打鑰匙，有時候爸不在店裡，我就直接幫他打好了客人留下的鑰匙。不過我爸說打鑰匙沒有出息，我還多少能唸書，應該要好好唸書，他不再進一步傳授我打更困難鑰匙的訣竅了。

不知道從哪時候開始，每回我從房門的一角看到佩佩在唸書的側影就有一種喘不過氣來的痛楚，我滿懷疑問想找尋那種痛楚的來源，但得到的是更多的疑問。那時我正處於每天早晨都會勃起的年紀，我以為我只是沒辦法看到她剛剛隆起，謎語般的胸部，沒辦法看到她晚上晾在陽台上，彷彿小鳥的內衣。但也許並不是那樣而已。

我著迷於她的眼睛、她的側臉，更甚於她身體的其他部位。我花了許多年的時間才確認了那是我第一個愛情。不，我從來沒有打過佩佩房間的鑰匙，即使我絕對不會拿那把鑰匙偷偷打開她的門，那對我來說還是一種冒犯。佩佩房間的鑰匙，應該只有佩佩才能擁有才對。

我想對我來說，我的愛情得容許更長的時間來做準備，我是一個確認自己能游一千公尺才敢跳水的人。因此當我發現有一回佩佩上鎖的房間，有另一個男孩的時候，我決定將一切收拾乾淨。長久以來佩佩的房間有兩重鎖，我無法忽視那個作為阿姨女兒的佩佩所帶給我的壓力。

就如你所知道的，佩佩後來在那個房間自殺。我媽媽因此崩潰，比她自己的女兒死去還要傷心。（這麼說也許不對，因為她原本就沒有一個女兒）這個原本就被死亡的陰影籠罩的女孩，最終還是隨著死亡而去。我們甚至連她自殺的理由都無從理解。就是有一天早上，那個房門並沒有打開，沒有人出來吃早餐，如是而已。

直到現在我仍然常常想起，那個石獅子的夢，或者那究竟是不是夢？石獅子為什麼要帶我到她家門口呢？為什麼那把我沒有經過實測的「生的」鑰匙，那麼順當地打開她家的門呢？如果有命運這樣的東西，那麼讓她再多活了十年，與我們相處了十年，再讓她離開的意義究竟在哪裡呢？

去年我再次回到鎮瀾宮的時候，我鼓起勇氣接近那對天井裡的石獅子。突然發現，石獅子的頭，竟然還不及我褲腰帶的高度。我也第一次發現那頭公獅子的底座有字，刻著「乾隆癸丑年間菊月置」。我想找那個解籤叔叔，服務處的人告訴我他幾年前已經離世了。我問新來的解籤人，是一個年紀輕輕的，有民俗碩士學歷的年輕人，他說自己一邊寫論文，一邊在這裡當解說義工。我問他菊月指的是幾月？他說是九月。他以他腦裡的資料庫回答我說，一月是端月，二月是花月，三月是梅月，四月是桐月，五月是蒲月，六月是伏月，七月是荔月，八月是桂月，十月是陽月，十一月是葭月，十二月是臘月。

我問他是不是知道石獅子為什麼刻得並不太像是真獅子？他猶豫了一下，說，這就不太確定了。我要離開廟的時候，年輕人追上我，說：「你剛剛問我為什麼石獅子刻得不太像真獅子，是嗎？」

我說：「是。」

「有一個說法是我爸爸告訴我的，不知道對不對。你聽聽看。」

「好。」

「因為據說如果石獅子刻得跟真獅子一樣，那麼祂就會跑走了。」

「跑走了？」

「嗯，我爸說，獅子就會跑走，跑到草原、山，或者田裡邊去。」

我看著他的眼睛，那年輕的眼神裡還帶著某種羞怯感。

「很好笑是嗎？只是個說法而已。」

「不，謝謝你告訴我。」我說：「不過也許即使石獅子跟真獅子不像，也是會跑出去的。」

「你說什麼？」

「沒什麼，我只是在想，那石獅子在這裡兩百多年了，祂會記得哪些事。如果祂們真的曾經跑出去過的話。」

不好意思，隨口跟你扯了那麼多的事，你本來只是想問我還記不記得那個魔術師而已，但無奈我的記憶不被掌握地糾結在一起。這些年來我平平穩穩地在電子公司上班，偶爾會讀佩佩曾經讀的那些小說。在一次到伊朗的旅行後，我迷上了波斯地毯和一個波斯女孩，娶了她，目前改做進口地毯的生意，生了兩個孩子。雖然這麼說很蠢，我覺得那個魔術師不是一般的魔術師，他的魔術有的那麼俗氣，有的又那麼隨興而不可思議。如果有機會，我想再請他在我面前，以我為對象表演一套魔術。

對了，我有一把鑰匙送給你，這是我模仿連珠鎖所打出來的鑰匙，你可以把它當成裝飾品，當鑰匙圈也可以。你問這鑰匙有對應的一把鎖嗎？沒有，完全沒有。我的興趣是打鑰匙，而不是造鎖。不過，正如你知道的，這世界上有太多用鑰匙打不開的東西。不過我一直相信，一把鑰匙被打出來之後，也許總有一天會找到它應該開啟的東西。

一頭大象在日光朦朧的街道

一頭大象在日光朦朧的街道

會和烏鴉戀愛，是我一輩子都想不到的事，因為我們的個性差太遠了，遠到就像蜻蜓跟蟬的血緣關係那樣。

我是在一個閱讀同好會裡遇到烏鴉的，那裡總是充滿一群討論著自己不可能寫出來的小說，和自以為能對其他人小說提出針砭批評的人。我被我的朋友JOJO拉去，不到十個人的讀書會只有我和烏鴉沒有發言。烏鴉坐在角落，瘦小，全身黑衣，眼神像一條又濕又冷的手帕。他在讀書會解散的時候過來跟我說了幾句話：我叫烏鴉，我喜歡Nicanor Parra的詩，和村上春樹的小說。

一個月後的同一天我和他第一次做愛，結束後突然覺得自己是被一張溫暖布包裹起來的嬰兒，幾乎要睡著了。但想起今天是第一次和烏鴉做愛，總不能馬上任性地回到自己小小的世界裡，於是我帶著那種接近睡眠的狀態，用腿輕輕磨蹭他開始有一點點贅肉的肚子。後來烏鴉一離開去浴室，我卻怎麼樣都沒有睡意了，只剩下一種站在一個孤零零的墓前，又剛剛好下起雨來的感覺。

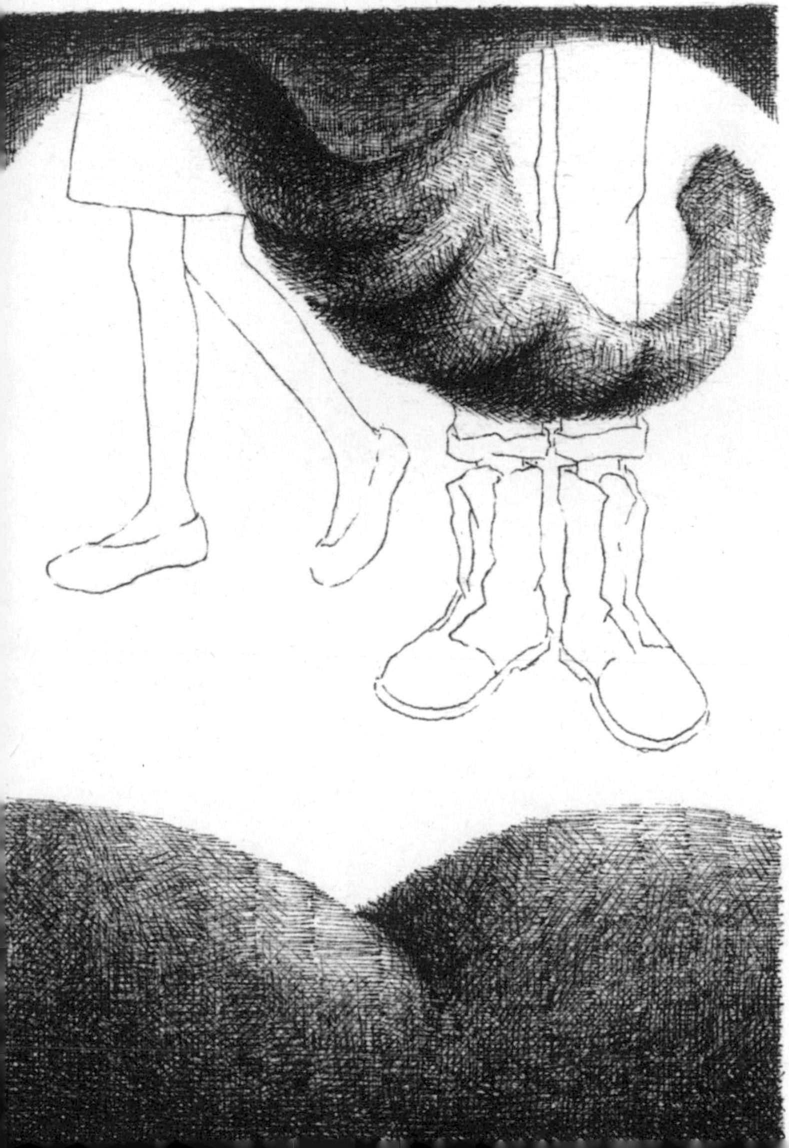

你知道嗎？女生都會在交往的時候想像男友的房間。烏鴉的房間的擺飾和我想像的幾乎完全一樣。六坪大的房間裡有三個衣櫃，兩個高二米左右的IKEA白色書架，書架上放著不合時宜的哲學書和文學書，以及過期非常久的旅行雜誌，烏鴉還在上頭貼了彩色便條紙，卻什麼都沒寫。然後就是他會用曬衣夾把一些抄來的詩句和他拍的照片，一張張夾在一條橫越房間天花板的鋼絲上。

唯一和我想像不同的是那張書桌，和桌上的Tolomeo Classic機器雙臂拖勒密桌燈。不只是因為以他當時的經濟狀況來說，拖勒密桌燈得狠下心非常節儉一段時間才買得下手，還因為這個桌燈實在跟他的書桌太不搭了。因為他的書桌是那種有兩個抽屜的古老樣式，仔細一看上頭還用刀片刻了棋盤，看起來有些年歲，怎麼樣都跟托勒密桌燈搭不起來。

我對著浴室喊：可以借一件衣服換嗎？

可以呀，右邊那個門有襯衫。我打開衣櫃，然後就看到大象。

大概是一九九〇年左右，我因為某個原因，搬離開家裡。那時候我母親已經去世多年，而我和父親一直處不好，在那之前，甚至已經有三年的時間跟他一句話都沒有講，我們好像失去了對方可以理解的語言似的。剛離開家前一陣子幾個死黨還能輪流掩護我住在他們家裡，但時間一久，可以感覺到他們對我產生了厭惡感，自己已經變成別人家裡一組不合適的沙發。我得找個地方住。為了解決錢的問題，我接下了不少臨時性的工作，包括發傳單、做問卷調查、加油站大夜班……，有時候一天兼了三、四份工，才終於漸漸有能力自己在市郊租下一間雅房。我把從家裡帶出來的東西擺進房間裡，慢慢覺得自己屬於這個房間了，除了衛浴以外，終於有了一個不用跟別人分享的地方。

我知道我父親沒有找我的意思，因為我還是會到學校上課，他只要到學校就能輕易找到我。我也沒有回去的意思，日子一久，我們都對誰先屈服感到絕望。也許我們也在各自的角落想著如何消滅對方的記憶。由於打工花掉我太多時間，大部分上課的時候我都在睡覺。不過幾個學期過去，我竟然一科也沒被當，真是奇蹟。說真的學校的課程並不算太輕鬆，每星期有攝影作業，學期末也要繳交紀錄片、劇情片和各式各樣的報告，但這些作業對我來說，並不算是太困難。把眼睛湊上觀景窗，然後透過那幾片玻璃看到世界，不是開玩笑的，我自己知道這事我有天分。我自己拍攝沖片顯影的第一張黑白照片是八里的碼頭，濕灰色水泥地從方框的三分之一處傾斜，一個側向鏡頭的黑衣釣客挺舉著三十度角的釣竿，另一個背向鏡頭的則距他約略三步遠，豎起釣竿像在檢查糾纏的魚線。兩人中間，作為前景的是一隻黑白花的土狗，正用後腿踢著耳朵。近乎透明的河面那端，是虛浮在景深外，彷彿煙霧造成的城市。那張照片我直到現在還留著，當時老師出的作業題目是「三個暗示」。

不過還好那時候正好沒有女朋友，錢花的不算太兇，我可以把所有的錢都花在沖洗照片這件事上。

有一次我在學校電影社的死黨老朱、阿強和阿擇一起去應徵一份工作，那天社裡剛播完誰也看不懂的《安達魯之犬》。我們騎車走還在工程中的環河道路，繞過路口「禁止進入」的牌子，因為這條路到台北市可以省十分鐘。從充滿廢氣的大路旁小巷子鑽進去，便會經過一處工地，轉到平坦得像假的一樣的嶄新柏油路面上。路的一旁是醜陋的堤防。我有時候會想，這堤防不是為了要阻止淹水，而是好像有人故意讓這個城市的人看不到河而蓋的。騎在這條路上，總感覺流水就在牆的那一面不懷好意跟著。路的盡頭那條連接台北市和台北縣的橋，曾經發生過斷裂的可怕事件，每回我騎在新橋的上面，都幻想著橋突然轟隆轟隆斷成兩截，被深褐色河流沒收回去的情景。

到那家要徵臨時工讀生的店時，已經是六點多了。店在高級商圈裡，門口貼了一張用一群混血小孩做模特兒拍成的海報，有的孩子穿著小西裝，前口袋還拉出一截白手帕；有的打扮成牛仔，拿著迷你馬鞭；還有的一身晚禮服的小洋裝、小高跟鞋……完全是一副被多啦A夢縮小燈照過的大人樣。另一邊的玻璃櫥窗裡，三個塑膠小人偶有看起來很虛偽的笑容，一個藍色眼珠，兩個褐色。

小姐妳好，我們是想來應徵工讀的。老朱遇到女孩子時的聲音馬上變得溫柔。喔。請進來坐一下。女店員穿著水藍色的圍兜兜式制服，聲音非常輕快，圍兜兜的短褲下，有一雙令人緊張的腿。

店長是一位長得像泰迪熊的媽媽，她也穿著制服，看起來就有點不搭調了。這時我才發現那上頭繡著四肢肥短的可愛大象，鼓著腮幫賭氣地笑著。天花板拉了幾條長繩，垂下彩色紙風車，被冷氣吹得瘋狂旋轉著，好像有人在某處快轉著時間的發條。

一天六小時，三點到九點，就是穿著大象的衣服站在門口送汽球。我覺得你們可以分兩班輪流，因為衣服滿重的，有五、六公斤，不輕鬆喔。我想一天兩個人比較好啦，也不要分太多班，要不然脫脫穿穿也挺麻煩的。店長媽媽用過分溫柔的語氣說。

所以是在晚餐的時候換班囉？我問。

嗯，如果你們決定一天分兩班，晚餐我會叫小姐多準備一個便當，來這裡吃就行了。

那，可不可以看一下大象裝呢？

看幹嘛？你想試穿喔？老朱說。

店長還是維持著好脾氣的笑容說：我很想讓你們看看，可是還沒有送來。你們應該都能穿啦，可能要前一兩天總公司才會送來吧。除了這個，還有什麼問題嗎？

沒有了。

那你們得趕快決定，我怕晚一點有人會來應徵，而且我們真的很急著需要有人扮大象，周年慶快到了啊。

推開玻璃門熱浪馬上襲來。店正好在路口的轉角處，由於以大象作為商標，騎樓的四個柱子也都刻意做成象腿的樣子，碎花石子柱和地上接觸的部分，特意地誇張突出，漆上四個白白的半圓形腳趾，經過的行人就像穿過大象的肚子底下一樣。我們在大象肚子下開了個小小會議，阿擇和阿強首先聲明自己沒有意願接這個工作，他們的生活還沒有拮据到得去扮大象的程度，所以毫無疑問，這工作就由我跟老朱接下了。

我倒是完全沒有拒絕這個工作的權利，因為郵局的存款已經剩下三十塊了。而且這個工作最吸引我的地方，反而就是扮成大象這回事。如果是扮米老鼠、高飛狗，感覺就完全不同，我比較能接受扮成大象。

第一天去的時候剛好是大太陽，柏油路遠看彷彿發亮的河流。每個人都順著陰影走路，好像怕自己的什麼東西被照得太清楚似的。我帶了隨身CD，因為我想這個工作應該用不到耳朵，只要盡可能毫不遺漏的發汽球，並且做出一頭可愛大象應該會做的動作就行了吧？仔細一想，大象能做的動作並不多。

到店裡我先跟那個美腿女店員打招呼，她還記得我，讓我有點開心。她帶我去大象裝放的地方說：你穿好衣服以後叫我，我幫你拉上拉鍊。聽到這話我感到臉紅。

大象裝放在儲藏室裡，四周都是井然有序的木架，玻璃塑膠袋包裝著糖果一樣的童裝。大象的身體被折成一個灰色的方形，放在板凳上，幾乎有一個汽車輪胎大的大象頭，一直傻笑著。我將身體鑽進去，從腳開始灰化成為一頭大象，一種過度溫暖的感覺襲來，這還是在冷氣房裡咧，我想糟了，因為我是個非常怕熱的人。我對著門外叫了圍兜兜女孩，她便進來將我背後的拉鍊拉上。

好啦，你現在是半頭大象啦，頭戴上去就沒有人認得了。

她叮嚀了我注意事項，只要有路人就不可以呆立門口，要做出可愛的姿勢，吸引人注意；不可以嚇到小孩，看到有的小孩會害怕就不要故意去接近；發汽球時要做出歡迎光臨的動作，不可以離開崗位……。

可以聽隨身聽嗎？我問。

這樣叫你不就聽不到了？

應該不會吧，反正要站好幾個小時，我看得到店裡的時鐘，不會妨礙工作的。妳有事要告訴我的時候，可以揮揮手。

我先將隨身聽按下play，再套上大象頭。象頭的腦部是空的，上頭有一個用魔鬼氈黏海綿的地方，可以依照身高塞進分量不同的海綿，以便不同身高的人都可以從象嘴的地方看到外面。只不過大象頭很重，加上如果頭抬得太高，臉就會被看到了，所以要略略低著頭。不過這樣一來視角就只剩下三十度左右，除了小孩以外，大人都只能看到下半身，像是捉迷藏時特意偷偷地將掩蔽物留下一縫所看出去的世界。

我以這樣的姿勢重新檢視周遭的環境。柱子連象腿的指甲都做出來了，大象的指甲跟人的一樣，前面還畫了半月形的紋路，我不知道這是不是真的。附近的紅磚道上刻著雙橢圓形狀的花紋，而不鏽鋼垃圾桶的腳原來是焊接上去的，髒兮兮地充滿污垢。地磚上都是白白的鴿糞，想不到這種看起來乾淨被拿來象徵和平的鳥也會拉屎。我想抬頭看看鴿子築巢在什麼地方，但是做不到，因為他媽的頭實在太重了。

不知道為什麼那時我想到我的母親，小時候她忙的話就會把櫃子上的大箱子拿給我，那裡頭滿滿的都是布條、鈕釦、腰帶、海綿、線頭這些從完整衣服上，剪裁下來的零碎東西。我媽是幫人修改衣服的，我們家在商場三樓，根本是不會有一般顧客到的地方。我們主要的生意是靠一樓的西裝店和制服店，他們會把要改的衣服論件交給我媽修改。她改衣服的效率很高，一件又只收十塊錢，所以生意很好。送來的衣服，會用粉筆畫上應該修改的部分，就好像房屋的設計圖似的。

那些零碎的東西確實一開始很吸引我，但玩不久我就好像掉進碎布的海洋，昏昏欲睡。有時怔怔地看著箱子，真的就此睡著。

我邊發著傳單，邊想著像碎布一樣的事。孩子們拿到汽球的時候都很開心，我光看他們的腳趾頭就知道了。

躲在大象的軀殼裡，被一層新皮膚隔開，接觸不到外邊的空氣，很快就全身大汗。我一面用氣瓶，七嘶七七嘶地將上面印有可愛大象圖案的汽球灌飛，汗水一面像什麼蟲一樣流過腋窩。孩子們不斷湧過來搶著要汽球，讓我有呼吸不到空氣的感覺，也許就是從那個時候開始，我不想要有孩子的吧。不要那些蹦蹦跳跳上下樓梯，像小鳥一樣的腳步聲，那未知而充滿潛能的果實，讓我們回憶起自己童年的特使。

我突然想到自己的臉此刻失去了辨識的作用，身分證上的許嘉祺、同學口中的烏鴉消失了。頭頂著一個填滿海綿才能穩固的大象腦袋，我確然是存在這個世界，但在某種意義上，我也成了隱形人。

小時候好希望自己能變成隱形人。有一次我看了一本漫畫，裡頭寫了變成隱形人的咒語，我專心唸了咒語，脫了衣服卻不敢跑出去試咒語是不是有效。我哥說，你不相信咒語咒語就沒有效。我最後還是不相信咒語，不敢裸體跑出去，我哥也不敢。我們倆看著對方的裸體，就好像看著自己的裸體。據說咒語並不是對每個人都有效的，比方說遇到另一個也懂咒語的人，隱形術對他就會失效，所以最後我們都沒有辦法證明咒語是否能夠隱形。

後來跟我第一任女友談到這件事。有一回我們在一個廉價的小旅館裡做愛後，躺在床上聊天時我教她唸了咒語，我自己也唸了咒語。於是我們再一次在窗邊做愛，覺得全世界都看不到。

我記得那天正當我想起這些事情的時候，便看到一雙熟悉的腳從我眼睛底下過去。說是熟悉的腳並不正確，應該說是熟悉的腳趾。我下意識抬起頭，卻引得孩子們咯咯大笑，他們看到我部分的臉了，笑著說大象是假的。我趕緊把頭再低下去，在一瞬間我看到她的背影。我想喊她，卻猛然想到自己現在是一頭大象。大象能用人的語言喊另一個人嗎？我避開孩子們往前走了幾步，紅燈卻在這時候變綠。她頭也不回，就像人生往老去的方向那樣義無反顧地往對街走去。

我猶豫了一下，判斷作為一頭大象，應不應該、適不適合跑到對街去。圍兜兜女孩看到原來應該發傳單的大象過馬路肯定會大吃一驚。正當我猶豫的時候，綠燈又再次轉紅。台北市的紅綠燈就是這樣，只能讓一群人剛剛好過馬路，然後一切就會再次被阻斷，你得毫無猶豫地過馬路，就好像你的人生裡真的好像還有些事得那麼義無反顧地去完成一樣。妳可以想像一頭大象站在日光朦朧的街道，然後把象頭掀起一點點，充滿疑惑與憂愁地看著對街。

接下來我整天都想著那個背影，那些腳趾。那些腳趾好像非常孤獨地長到那雙動人的腿上，彷彿因為過分美麗所以才必須一化為十，否則那樣的美麗就無法承受似的。

可是我無法確認是她，都是因為該死的紅綠燈、大象裝和朦朧日光的緣故。

一個星期後我慢慢適應了這個工作，這個工作說穿了就是出賣另一個肉體。有時候綁著馬尾的小女孩會害羞地摸一下大象的身體，然後彷彿被燙到似地跑開。比較頑皮的小男生則喜歡拉大象的尾巴，並且認真地用力彷彿決心十足要將它扯掉。還被母親抱著的孩子則會靠過來輕輕碰一下大象的鼻子，然後咯咯咯笑起來，就好像象鼻子上有一種歡樂的能量似的。我必須承認那時候做一頭大象是快樂的，不過那樣的喜悅卻是短暫的，而且只屬於大象。我很快地就對取悅孩子這事感到麻痺，並且重新感到一種幾乎要吞噬我的孤寂。大家不再認得我，他們只看得到這頭大象。我把這種感覺跟老朱講的時候，他說你他媽又想裝憂鬱騙女孩子了。我把大象衣服脫下來交給他，裡頭滿是我的汗水，因為他接的是我的班，所以理所當然是由我幫他拉上拉鏈。他媽的早知道我就選早班。老朱說。

那陣子午後頻繁下雷陣雨，天空會突然之間就暗下來，就好像有人在什麼地方控制燈光一樣。下雨的時候我通常躲到騎樓下，看著汽車無聲地推進、轉彎、減速，緩慢地跟隨著另一台車的尾巴，就像一條漫長的送葬隊伍。有一次剛好看到一個等紅綠燈的女孩霜淇淋掉了，她哭了起來，霜淇淋很快在雨中融化成一種痛苦的乳白色。我趕上前去，冒雨遞給她一顆汽球。女孩的媽媽很有禮貌地跟我謝謝，小女孩則因為注意力轉移，一邊哭泣一邊就笑了出來。就在這個時候，我微微抬起頭來，遠遠看到對街一個男人似乎正看著我。雨下得很大，那男人好像看見我抬起頭發現他，所以快步轉身離開。

雨勢很快地變得相當驚人，小女孩的霜淇淋很快被融成一灘水，只剩下餅乾杯。女孩的母親一面撐起傘，一面把她拉進騎樓象的右前腿旁邊。

我稍稍抬起大象的頭往對街望，那個男人已經消失。我完全沒有到對街一探究竟的意思，反而感謝車流終究能像一條冷冰冰的河流一樣隔絕兩邊。不過那個突然間發現了我看到他，轉過身去的背影實在太像我父親了。不，我當時幾乎馬上肯定，那是我的父親。小時候他和母親吵架時，總是這樣不發一語，異常決絕地轉身而去，後來家裡只剩下我們兩個人，開始不與對方說話的時候，他一看見我，也是這麼異常決絕地轉身而去。我不用看他的臉就認得他的背影。有時候不看人的臉更能感受到對方的悲傷，人的背影比正面悲傷，人的腳步比眼神更加悲傷。我一直這麼覺得。

非常不可思議的是，接下來一段時間，我總是在扮演大象的時候遇到那些遙遠記憶裡，或者是我想拒絕他們再進入我生活裡的人。比方說小學的時候曾經因珠算比賽深深傷害了我的數學老師、高中時暗戀的一個台北商專的女生、小學的時候天橋上的一個潦倒魔術師……。我從來不知道自己記得那麼多事，那麼多細碎得就像我們剪掉又長出來的頭髮的事，你從來不知道它們原來躲在哪裡。

我也不記得自己記得那個魔術師的臉。但他走過我的面前的時候，我一下子就記起來那雙傘兵鞋，那雙完全不讓人有任何魔法感覺的手。他停在我面前，拿了一顆汽球，然後就這麼在我面前放走它。就因為這個動作，我認為他也是記得我的，即便我現在是一頭大象。他有一雙可以同時看兩個方向的眼睛，像蜥蜴，我從小就記得這個。

我跟妳說過我小時候住商場嗎？妳可能不知道那裡吧。妳知道？喔，我住在最前面，忠棟。那時我常常特地在放學的時候跑到愛棟跟信棟之間的天橋上，看那個魔術師有沒有出來變魔術。那時整個商場的孩子都是他的忠實觀眾。有一次大雨過後，雨勢漸小的時刻，天橋上一個攤販都沒有，魔術師百無聊賴地坐在他的大傘底下，我和我哥哥走過去，看看他有沒有要表演的打算。不知道是五分鐘還是十分鐘過去，行人仍是非常稀少，魔術師被我們看得受不了，說，我來變一個只給你們看的魔術。

他說，你們兩個是雙胞胎嗎？是。我們一起點頭。你們可能不知道，所有的雙胞胎都是一個靈魂變成兩個靈魂的，所以有時候，透過某些方法，我可以把你們兩個人再變回一個人。他說，我數到三，你向右轉，你向左轉，背對著背，然後閉上眼睛。一、二、三。好。非常好，現在你們想著對方，要很專心的想喔，眉毛、眼睛、嘴巴都要想一遍，如果記得對方的牙齒、耳朵、下巴，也可以想一想，總而言之，想得越仔細越好。好，現在兩個人一起數一、二、三，向後轉面對面。還不可以睜開眼睛喔，還不可以，一、二、三。好，睜開眼睛。

我哥哥不見了。

我從來沒有那麼惶恐的感覺，一個你熟識的，應該要站在你身邊的人不見了，天橋上空蕩蕩的，只有我跟魔術師。天橋底下的車流依舊，日光朦朧。只有一秒或者更短的時間，我從驚訝轉為哭泣，那種竭盡全力，要讓自己的聲音穿過城市到森林一樣的決絕哭聲，讓魔術師也有點驚慌。他說，只是魔術，只是魔術而已，你哥哥並沒有變不見，要不然你摸自己這裡。他把我手拉到心臟的位置，我感到撲通撲通的跳動聲，不知道為什麼，真的感受到有什麼正在那裡。那就是我哥哥嗎？他變成一組改變節奏的心跳？變成與前一刻稍稍不同的溫度？或者他變成心了？那算是我的心還是他的心呢？我的眼淚依然不由自主地一直滴落，就好像兩個人在哭的量一樣。

魔術師拿出一本簿子，很舊的那種空白作業簿，後面還寫著做一個堂堂正正的中國人，規規矩矩的好學生那樣的作業簿，然後他打開某一頁，說，看。

你哥哥在那裡面。

不，這麼說並不正確，應該說是那裡頭有一張我哥哥的畫像。畫的人一定有不可思議的天賦，才能在那樣的紙張上，僅僅是用鉛筆就能把一個人畫得如此……如此真實到恐怖的程度。

我幾乎以為我看到那個晚上都睡在身旁的哥哥耳垂上的毫毛，可以感受到他說話時露出臼齒蛀牙潦草補上的銀粉，和他有時候和我唯一有點不同的哀傷眼神。我哥不曉得為什麼，在七、八歲的時候已經擁有我至今看過最哀傷的眼神，就好像那雙眼睛比他自己經歷過更多事似的。

魔術師合上簿子，要我把左手放在簿子的封面上，然後閉上眼睛想著我哥哥，那不太難，那張畫像把他的形象輕易地烙印在我心底。一、二、三。一睜開眼睛，哥哥就站在我旁邊，帶著茫茫然，剛起床的神情。

回家的路上我們都沒有講話，我們好像剛從冰冷的溪水被濕淋淋打撈上來，身體像石頭，心停止跳動。

想想那是我和我哥哥共處的最後一個夏天，隔年我哥哥就死了。我媽要他去西門町的賭場把我爸叫回家的時候，他懶得走天橋，並且玩起那時候商場小孩私下玩的「向前衝」的遊戲，被當時剛剛開始的電氣化火車撞死了。向前衝的遊戲就是在平交道管理員放下柵欄，揮完小紅旗子以後，閉上眼悶著頭衝過去。我想我哥一定是被鐵道鋪的小石頭絆倒了，鐵道到處都有小石子，我們有陣子會比賽誰撿的石頭比較圓，比較完美，像是真正的鳥下的一顆蛋。

我爸原本是個鐘錶師傅，在商場一樓開了一家鐘錶行。我小時候非常崇拜他一隻眼睛戴上放大鏡，用檯燈照著小小圓圓的錶心，拿著不可思議的細小工具，靠在那張桌上修鐘錶的神情。彷彿有什麼神聖、宏大的事物躲在那些齒輪和齒輪之間，而他是唯一可以把那些撥弄回原位的人。我常想像錶裡面躲著無數的小人，得靠他們勤奮、絕不懈怠地進行著某些永遠如一日的工作，而我爸就是他們的神。更讓我驕傲的是鄰居都會到我家來看時間，商場的每戶人家當然都有鐘，但他們只信任我家的時間。他們總在走過我家的時候不自覺地往裡頭一望，然後再看自己的錶。

而我爸的工作桌，也是我們的遊戲桌，他在那上頭刻了棋盤，有空的時候會和我跟哥哥三個人下一盤棋。我和我哥哥當時還小，即便是兩個人，也根本沒辦法跟我爸爸在桌上的棋盤上對抗，所以他通常都讓一隻車、一隻炮給我們。

但後來他迷上了打四色牌還是什麼的，不再專注修鐘錶，把自己的生活弄得沒有時間感。我沒有看到我哥的最後一面，就像我的鄰居阿咪講的，被火車輾過去的人不會再有最後一面了。

我哥死了以後我爸不再去賭博，卻變得每天坐在天橋的欄杆上看著平交道，好像望著天空，而那裡隨時會出現一隻翼手龍似的。我媽變得對自己的生活沒有招架之力，她原本從早晨起床做早餐、洗前一天的衣服、曬衣服、做午餐、開始修改衣服的生活順序被打亂了。她常常把顧客的衣服修改成另一個人的尺寸，或者根本弄錯或弄掉了客人的衣服。我懷疑那些失蹤的衣服最後都變成她給我的那個充當我玩具的碎布箱裡的碎布。

而後終於漸漸沒有人送衣服給我媽修改，兩年後她就病死了，她沒有為我堅持久一點。因為那兩年我父親偷偷賣掉店鋪的權利，把我媽最後一點活著的寄望也輸掉了。雖然他曾經一度想恢復一個鐘錶師傅的名譽，卻因為太沉迷於酒精因此再也沒有辦法準確地把每一個細小的零件放到應該放的位置上。我媽死後不久電子錶就開始風行了，我爸只好到天橋上擺了一個賣廉價電子錶的攤子。他星期一的時候會把所有的錶調到同一個時間，然後一個禮拜以後時間又都變得不同了，得再調一次。他不再替客人修錶，根本沒有人要修那樣的錶，因為太便宜了，壞掉再買一隻就好了。我爸並不喜歡電子錶，他說這種該死的錶只靠電池就一閃一閃地，以為自己能告訴世界上的人時間是什麼了。哪有那麼簡單的事？對吧？哪有那麼簡單的事。

我爸的修錶技術聽我媽說是日本時代被徵召到軍隊裡，當技工培養出來的。在那個所有的錶和鬧鐘都得上發條的時代，用這個技術養兩個孩子並不是太大的問題。但就像所有的孩子都會有的直覺感受一樣，我知道我爸愛我哥哥卻恨我，我不曉得是不是沒有人能夠平均地去愛一對長得一模一樣的人。

有陣子我會想，那些我們具體可以碰到的事物是幻覺。桌子是幻覺，床是幻覺，甚至連撫摸妳的乳房，倚靠一棵大樹都是幻覺。而我們的心所創造出來的那些才是實在的，那些像被箭矢穿過的痛楚，那些被我們記述下來的，著了火的記憶才是真實的。

做了大象以後，那些人就好像送葬隊伍一樣遠遠地出現在我的眼前，而我始終沒辦法真的碰到他們，對他們說說話，或者更靠近一點。那兩個月間，我脫下大象裝以後，並沒有馬上回家，而是站在路口的另一端，遠遠地看著老朱扮演的大象和那個我經常凝望的路口。我帶著一種奇怪的心情期待著那些幽魂出來或者不出來。從對街看過去，老朱扮演的大象，從外表看起來跟我扮演的大象完全一模一樣，牠灌著氫汽球，搖著不太起勁的尾巴，永遠都笑不累似地站在路口……如果不說的話，誰知道那大象裡頭是老朱還是我呢？但不知道為什麼，我從來沒有在脫掉大象裝時遇到誰過。他們在我變成我的時候躲起來了，他們只願意在我變成大象的時候出現，我這麼想。

工作快到尾聲的時候，沒有什麼理由，我決定買下大象裝。我跟店長說，我想用我的薪水買下這套大象裝。老朱跟圍兜兜女孩都嚇了一跳，覺得我頭腦可能壞掉了吧。但店長猶豫了一下，竟好心地說，大象裝比你這兩個月的薪水還貴耶，算了，就賣給你吧。

這就是妳在衣櫃裡看到的那套大象裝。

我聽著烏鴉講的關於大象裝的故事，慢慢地用腿摩挲著他的肚子，我們又做了一次愛，在他勃起的時候我要他教我隱身術的咒語，我們各自默唸了三次，然後做愛，打開窗簾、窗戶，靜靜地做愛，就好像在拖延什麼時間，像是期待那個什麼人或什麼物事突然出現在窗戶外邊那樣地做愛。

做完愛以後烏鴉閉著眼睛說，他跟前女友在二十歲那年曾經放棄過一個孩子。那時他做愛前特別喜歡舔她的私處，他覺得那是世界上最溫暖的地方。

烏鴉說，那天他們去朋友介紹的小診所拿掉孩子以後，一起走在新公園的一個角落裡，然後終於找到一個隱身在樹叢裡，像被一切遺棄的座位坐下。烏鴉說，雖然這個公園後來改名叫二二八公園，我還是比較喜歡叫它新公園。這名字好像永遠不會舊不是嗎？它在那裡，樹慢慢長高，房子慢慢變老，池塘的魚死了一批又放了新的一批，但是公園還是叫做新公園。我們坐在椅子上哭了起來，一開始是她哭，後來是我哭。還好那天公園裡沒有什麼人，我想沒人聽到我們的哭聲。後來我們還是繼續交往了一段時間，偶爾也有再做愛，我還是會先舔她的私處，但不知道為什麼，那裡變得冰冰涼涼的了，就好像一座被放棄的城市，被封閉的街道。又過了三個月，我們就分手了。

我問他如果那次當大象的時候她認出他來，他會跟她說什麼？他說他大概什麼都不會說吧。烏鴉說，還好有那套大象裝，所以什麼也不用說。

隔天早晨離開烏鴉的住處，我就知道我們再也不會碰面了，我始終沒有告訴他我家小時候也住商場，我住平棟，商場的另一端，而我也沒有告訴他，小時候我也曾經是圍在魔術師身邊的一個孩子。

我走在路上，看著日光矇朧的街道前方，有一頭大象站在那裡。那是一頭全身灰撲撲，連尾巴的擺動也如此迷人的巨大動物。我想起前一夜睡著前問了烏鴉之後是否再穿過大象裝？

他說再也沒有了。

強尼・河流們

強尼・河流們

「所以，也許你會一直彈吉他下去？」

「是啊，即使知道自己不會是一個好的吉他手，還是會彈下去。吉他這種樂器也許看起來很平常，但彈起來非常深奧。有很多吉他手留下了屬於自己獨特的『句子』，我彈吉他的原因，大概有部分就是很想去重述那樣的句子，而且透過自己的手，又說出略略不同的另一個『句子』。」阿澤瞇著眼睛看著我，削瘦的臉頰滿布著細細的鬍渣，一時想不起來像哪一個吉他手的長相，嗯，倒有點像U2的主唱Bono年輕的時候。

遇到阿澤說真的有點意外，因為他是在我想像的聯絡名單之外的人。我們不但沒有那麼熟，小時候還因為我曾經借給他二十塊錢而他一直沒有還，在學校裡打了一架。之後他把錢在早自習的時候放到我桌上，從此我們的小學生涯裡大概就沒有再說過話了吧。玩踩腳有他參加就沒有我，捉迷藏也是，足壘球也是。

一年前我的人生正陷到前所未有的低潮，莫名其妙地一天只能睡三個小時。無論什麼時間點入睡都一樣，跑步將自己搞到很累也沒有用。於是我想，乾脆把多出來的時間拿去學點什麼吧。除了工作時間外，我到一家叫金螞蟻的樂器行學初階的電吉他，也算是繼續我大學時期的夢想。金螞蟻在樂器界是很知名的一家老店，這家店本來是開在商場的，叫做「美聲」。

因為年紀有點大了，跟別人上課有些尷尬，還好現在的工作讓我的收入還算不錯，所以我選的是學費較高的一對一授課。一開始上課時我還是沒有認出他來，因為實在跟小時候變化太大了，他以前可是個油膩膩的小胖子，現在就像我剛剛說的，看起來就像仿冒得不算徹底的，微禿以後的Bono。他一來就放起老掉牙的*Twist with the Ventures*，說：「如果有點基礎的話，我們就從彈這個開始吧。」我說這個唱片我有，小時候在「哥倫比亞」買的。他眼睛一亮，我就認出他，他也認出我來了。

我還記得商場燠熱的午後，遮陽帆布啪啪啪啪響，豆花伯扛著他的豆花擔走過每一棟商場，火車跟瘋子一樣嗚嗚鬼叫，在我離開商場前的那幾年，我想如果沒有那把吉他我是活不下來的。所有的人學吉他都有他的理由，對我來說，事情得從我家隔壁眼鏡行的小蘭姊說起。

小蘭大我大概七、八歲，總之我小學五、六年級的時候，她好像高中的樣子。小蘭唸的是台北市的明星高中，雖然因為那時候還有髮禁的關係，沒辦法留長頭髮，但她的皮膚白得近乎透明，令人難忘。現在我已經幾乎完全忘了她的長相，但那樣好像伸手過去，就可以穿透什麼，像清晨的空氣那樣迷人的皮膚，我再也沒有看過。

因為我爸媽都不識字，那時候她會應我媽的要求，教我和我妹功課。我媽會留她吃一頓飯，或幫她家送去一些香蕉西瓜之類的水果。開眼鏡行的她家比賣皮箱的我家有錢得多，根本不缺水果，而且賣水果那個攤子天天都會拉車經過整條商場，實在是一點都不稀奇的東西。我常常為我家的寒酸感到不好意思。

不過她從小就對我很好，可能是家裡沒有其他更小的孩子的緣故吧。她很耐心地指導我的功課，說自己跟我一樣拿數學一點辦法都沒有，對文學和音樂卻很有感覺。有的時候她會唸自己正在讀的書給我聽，順便教我寫字，那本筆記本我一直留到高中考上大學的那年才丟掉。我還記得其中一段，後來才知道是來自費滋傑羅的《大亨小傳》：

火車軌道拐了一個彎，現在是背著太陽走，落日的餘暉似乎展開來在替這個慢慢消逝的城祝福，這個她一度生息的地方。

商場在第三棟也恰好過了一個彎，火車準備進站，或者離開這個城。那時候我清楚地聽到她說的每一個字就像車窗外一個一個遙遠陌生的城鎮，從我的耳畔掠過去，對我充滿吸引力。

我還記得我問她：這本書在寫什麼？

她說：就小說啊。

我說：不是啦，我是問這本書在寫什麼？

她說：我不是唸給你聽了嗎？

可是我就是聽不出來啊。我記得她每天下課，回店裡面的時候會先脫掉那雙小圓頭的包鞋，接著脫掉她冬青色或者是米色的短襪，然後穿上拖鞋。當她坐在店裡的椅子上的時候，可以看到她圓潤的，一點傷疤都沒有的完美膝蓋，像月亮一樣露出來。有的時候我傻傻地望著她的方向，直到火車嗚一聲才清醒過來。

小蘭跟阿猴談戀愛這事，大概商場的鄰居們都覺得有點惋惜吧。阿猴就是那個穿著控芭樂褲（一種褲款末端突然變寬，幾乎可以完全遮住鞋子的褲子），又黑又瘦，老是聳著肩胛骨，站三七步，叼著菸，山奇西服店雇來拉客的店員。這傢伙臉上永遠一副萬事不關己的樣子。沒有人認為像小蘭這樣的女孩會跟阿猴在一起，但大夥兒漸漸都感覺到，小蘭跟阿猴「不太對」。

平常屌兒啷噹的阿猴，是整排商場業績最好的店員，因為他會在高中生走過來的時候一把搭上他們的肩膀說：「入內啦，入內啦，穿這款衫卜按怎把查某囝仔？」阿猴的台語怪怪的，後來我才聽說他是原住民，不過不知道是哪一族的。阿猴的樣子有點像「竹雞仔」（就是看起來很衝動的小混混），因此老實一點的高中生就會被拉進去，在完全不敢回嘴的狀況下，莫名其妙地簽了一張學生褲的訂做單，出來的時候一臉懊惱。「阿猴式」的攬客法很快在商場掀起一股潮流，整排商場的店員後來都得站在門口，好像幫派分子一樣。那時候要經過中華商場的高中生都像是在玩「闖關」的遊戲。

不過阿猴彈吉他唱起歌來的時候，就變成另外一個人。商場的生意大概維持到九點左右，九點以後客人就漸漸少了，大部分人要不是看港劇，就是坐在騎樓聊天。當時商場的店員都是來自鄉下的年輕人，很多人都住在店主租的，大概只有四坪大的房間裡，一個房間往往擠了五、六個人。阿猴也是，所以他常常在九點以後，百無聊賴地坐在騎樓彈起吉他。每次阿猴的手指接觸到吉他的時候就好像變得活生生而且閃亮亮。都彈什麼？像James Taylor的歌啦、KANSAS的歌啦，我第一次聽到*Dust in the Wind*就是阿猴唱的。當時我當然不曉得這些，所以第一次在唱片行買到這些卡帶的時候，對阿猴的看法整個都變了。說真的，阿猴的歌喉真的好，他媽的溫柔得像刀子一樣。

有一次我看到阿猴在西服店門口彈起吉他，小蘭則從她家的眼鏡行走出來坐在騎樓下。小蘭雖然眼睛看著店裡，但明顯地每幾秒就分神注意著阿猴的方向。我突然覺得自己被排除在外了。一個十一歲的男孩是完全沒辦法跟一個十九歲男孩競爭的。我感到一種屈辱，而這種屈辱我根本就無法解決。至少在那個年紀，我不知道要如何解決。

小蘭姊家算是商場鄰居裡經濟狀況最早變好的家庭之一，因為那個年代所有的國中生都戴起了眼鏡，小蘭她家就是我們那棟最早，而且唯一的眼鏡行，生意好得不得了。當我家還六個人擠在小閣樓上的時候，小蘭他爸就已經在中山堂附近買了一層住家，晚上收店以後都會回那裡，包括女店員和驗光師阿明。我超羨慕小蘭她家開的是眼鏡行，因為那台驗光椅的關係。我常把它想像成什麼機器人或飛行器的駕駛椅，因為上頭的各種儀器讓它看起來很厲害的樣子。小蘭她媽很早就因病去世，聽說後來她爸曾經娶了個年輕的鄉下女孩，結果也在小蘭十歲左右去世了。小蘭的繼母並沒有生下孩子，天橋上的算命師跟小蘭他爸說，他命中只注定跟小蘭有緣，他也就相信了，不再強求生一個男孩。小蘭的父親年輕的時候好像混過幫派，走路外八很有氣魄，因此大家都叫他「鱸鰻」。

鱸鰻對小蘭跟阿猴的「問題」，當然是不高興的。他多次在阿猴拿出吉他的時候，早小蘭一步走出店裡，拉了個板凳坐下，跟阿猴對看。這時候阿猴會背著鐵路的方向，照舊彈他的吉他，因為他知道除了火車聲，根本沒有什麼擋得住他的吉他聲。後來鱸鰻在店裡裝了冷氣，還安上了商場獨一無二的電動門。我曾經跑去那個電動門裡面試試看是不是還聽得見阿猴的吉他，沒問題，雖然變得有點微弱，但還是聽得見。而且因為吉他聲變得微弱的關係，反而讓人覺得更有鑽到心裡的感覺。

鱸鰻終究沒辦法一直守著小蘭，特別是他常常晚上跟鄰居下棋喝酒，收店前都已經是醉茫茫的狀態了，這個短暫時光我常常看到阿猴跟小蘭在女廁所那邊的樓梯間講話。即使是鱸鰻也不能禁止小蘭去上廁所，因為商場沒有一家有廁所，即使他家也沒有例外。只要小蘭往女廁所那兒走的時候，往山奇西服店看一眼，阿猴就從另一端的男廁所反方向繞一圈去見小蘭。那時我完全不懂兩個人為什麼有那麼多話好講，好像轉眼就要世界末日似的。

我從小就是一個容易出事的孩子，有時候好好地走商場的樓梯也會滾下來，像其他小孩子一樣跳過女兒牆到一樓的招牌上面的時候，腳也常常卡到而摔斷牙齒，有一次還吞了家裡的樟腦丸，被送到醫院洗胃，所以到現在臉色都還是灰灰的。即使是這樣，我爸還是堅持讓我到處跑，因為他認為小孩子就是這樣才會長得好，變得強壯而且百毒不侵。相反地，我媽就希望我永遠不要離開她的視線。不過因為我爸強勢過我媽的關係，我媽只好放我到處跑，自己承受壓力。

有好幾次，我發現小蘭沒有去上課，而是跟休假的阿猴一起出遊，我就決定跟蹤他們。他們在商場第四棟和第五棟之間的天橋會面，然後在天橋上看看這裡看看那裡，彷彿天橋也會有火車出現似的，再走到對面，在鴨肉扁吃切仔麵，不切鵝肉。他們一路都在說話，小蘭姊笑得很燦爛，阿猴講話時她會偏過頭去，好像怕遺漏他說的每一個字，每一句話。雖然年紀還小，但那時我就開始有痛苦的感覺，我知道那是跟看牙醫、上數學課截然不同的痛苦，直到現在，我還是沒辦法準確形容那種非現實性的痛苦。

有一次他們沿著武昌街，走進中國戲院看電影。我沒錢買電影票，只好坐在對面的小巷子裡等他們出來，覺得自己的心就跟旁邊長滿了青苔的水溝一樣發臭。不過小蘭姊一出來我就活了過來，我遠遠看著她的臉，又找到了支撐的力量，如果她旁邊沒有那個老是背著該死的吉他裝嬉皮的死阿猴，我覺得自己可以像影子一樣跟著她走到世界的盡頭。

那天回家我爸沒揍我，他堅持他的放任管教法，我媽雖然沒揍我，卻哭得死去活來，好讓我感到愧疚。不過那個年紀我已經開始訓練自己不在意她的情緒了。

又過了一陣子，我不再像情報員一樣跟蹤他們了，因為阿猴開始教我吉他。他看我每天他彈吉他的時候就盯著他瞧，誤以為我是對吉他產生興趣。有一次我走過山奇西服的時候，他提著吉他說，「猴囝仔，卜學莫？」

阿猴並不是免費教我彈吉他的，他要我教他寫字，因為他小學畢業就到台北來了，大字認不得幾個。他說他想學寫更多字，這樣當兵的時候才能寫信給小蘭。阿猴不會寫字卻會看譜，他從C major、C minor、C seven、C augment這些和弦教起，我當時手小而且怕痛，學得很慢。幾天後他不知道去哪裡弄了一本油印的六線譜，我拿到的時候還是很恨他，但心底已經沒有辦法像過去那麼恨他了。

一年後阿猴要去當兵了。那時候當兵可是天大地大的事，前一天晚上好像整個商場穿「控芭樂褲」的年輕人都跑來找他敬酒，山奇西服那個裝了一隻義眼的老闆也包了個大紅包給他。小蘭默默地走到旁邊塞給他一封信，和一條她織的圍巾。我覺得鱸鰻其實有看到卻沒講什麼。阿猴又拿出他的吉他唱歌，唱的是James Taylor的*Fire and Rain*。我問小蘭*Fire and Rain*是什麼意思？她說就是火和雨。他媽的我當時根本搞不懂為什麼火和雨可以做成一首歌。

而我前一天已經把我的小豬的投幣孔挖出一個大洞，在「美聲」買了一個亮晶晶的Pick要送阿猴。沒想到他也準備了禮物送我，那是一張二手唱片，是在二樓我同學「臭乳呆」他家的舊書店買到的。我說我家沒有唱機怎麼辦？他說可以到「哥倫比亞」請老闆放給我聽。他說：「這傢伙彈的是電吉他喔。」我說我知道電吉他，「美聲」那邊掛了一把亮晶晶的紅色電吉他。我問他這唱片是誰唱的。

他說：Johnny Rivers。

我說：啊？

他說：強尼・河流們。

阿猴去當兵了以後，早上我常看到小蘭姊拿著信給郵差。那時候第五棟後面有郵筒，但是她可能是怕信放在郵筒裡會濕了或是丟了。那時候的郵差都騎很快，然後像丟暗器一樣把信丟到每間店裡，只有偶爾會停下來送掛號信。只要時間算得剛好，你可以在店門口準確地像接鏢一樣接到郵差的信。

每次我放學回家後坐在亭仔腳的桌子前一邊做功課，一邊看著在玻璃門裡面，露出像月亮一樣的膝蓋坐在椅子上的小蘭，往往就會看見她正在重讀阿猴寄來的信。我猜阿猴寫的信一定很無聊，因為只有我知道阿猴會的字就只有那些，他會的字都是我教他的，沒想到這樣的人也會唱英文歌。不過多年後我還記得小蘭看信的神情，如此專注，讓人覺得好像在她手裡的並不是一封信，而是一部什麼宗教的聖經，或者一面鏡子，鏡子裡頭是一個十八歲，為愛情所苦的美麗囚犯。

不過半年以後，我發現小蘭姊不再看阿猴的信了，因為她開始收到另外一個人的信，和花。我為什麼知道那是另外一個人的信呢？因為阿猴的信封是我幫他買的啊，所以我知道。我盯哨盯了許久，想要發現那個送花的人，不過都一無所獲。而且我知道花多半沒有到小蘭的手上，就被鱸鰻丟掉了。那個時代很少人真的送花的，花太貴，而且是沒有用的東西，送花簡直就蠢，但也就因此顯得稀奇，稀奇的事往往是蠢的。但對那個年紀的我來說，完全不懂這種蠢事對一個女孩感情的影響力，就像麻雀不知道有一天商場的屋簷和電線會永遠消失一樣。

由於我還得上學，對小蘭的跟監始終有很大的漏洞，這讓我沮喪萬分。我永遠記得最後一次跟監行動是在暑假來臨前的最後一周，那可是該死的期末考周。

有一回阿猴放假，以五十塊錢的代價要我幫忙跟蹤小蘭姊，看她究竟到哪裡去，是不是認識了新的男朋友。他知道我以前常常跟著他跟小蘭，雖然常被他發現，但是動作還算靈敏。我接下了這個人生第一個偵探案件，不過有很長的一段時間沒有成功。有時候是我看到小蘭要出門，卻不是剛好可以溜出去的時機，或者就是我好不容易從家裡脫身，卻發現小蘭只是暫時到對面去買些什麼而已，並不是去赴約。直到有一天我跟著她走過鐵路跟馬路，到武昌街底的獅子林，終於第一次看見信跟花的主人……現在我完全忘了那個人的長相了，只記得那一刻我為自己和阿猴感到絕望。

回家的時候我走天橋，看見流浪漢魔術師坐在一旁抽著菸。我走在跨過鐵路那邊天橋的階梯上（你還記得為了閃避高壓電，那裡有一段天橋做得特別高嗎？）覺得褲子好緊，我媽那時候總要我的褲子緊到沒有辦法的時候，才肯幫我買新短褲。正當我這麼想的時候，坐著而且並沒有看著我的魔術師突然說：「你的褲子太緊了，要叫你媽媽幫你換一件，不然小雞雞會長不大喔。」

「你相信讀心術這種東西嗎？」

「我相信，至少有些人比其他人敏銳，容易從別人的肢體動作猜出他的心理狀態。據說FBI的探員，從腳的動作就知道人是不是在說謊。」

「我小時候不懂這些，我只覺得魔術師的眼神讓我很不自在，他明明看的是別的方向，卻知道你心裡在想什麼。」

「嗯，我知道，我有一陣子也有這種感覺。」

「那個蜥蜴。」

「真的很像蜥蜴。」

「你知道他接著做了什麼事嗎？」

「什麼事？」

「他走到我旁邊，伸手把我寫好給小蘭姊的一封情書，放進我褲袋裡。那封信本來是我放在後口袋裡的，直到上天橋之前我都還感覺得到信就在我緊得要命的短褲的後褲袋裡，不知道什麼時候被他拿走了。魔術師看著別的地方卻對我說：『只是開個玩笑，信我一個字都沒看喔。』」

「你幫阿猴跟蹤小蘭，自己卻寫情書給她？」

「對呀。」

「你這小子。」

「可是被魔術師看穿了。」

「被看穿了。哈。」

「魔術師還有說什麼嗎？」

「沒說什麼。我記得那時他站起來面對鐵道抽菸，看著一列剛剛好從車站那邊開過來的火車，他看著火車說，『沒辦法，火車就是一定要在這裡轉一個彎。』」

幾天後阿猴放假了。他來我家找我的時候，先問我和弦有沒有好好練，檢查我的手指頭是不是已經長出繭了，然後才問我跟蹤小蘭的結果。我把過程告訴他，信誓旦旦地說一切都被我查得一清二楚了：對方是個唸中文系的大學生，長得高高，皮膚白白的。我補上一句：他的信一定比你寫的好太多，因為你會的字都是我教的，我自己也會不了多少字，所以光是認識字這回事，我們就輸了。

商場的騎樓是個充滿故事、謠言、別人家私事公開的奇妙地方，你可以在這裡聽到鄰居聊鄰居的各種檯面上與檯面下的新聞。一開始往往很小聲像是耳語，但在火車來的時候大家會忍不住提高音量繼續聊下去，只是火車走了會忘了調回音量，於是所有的祕密就變成公開的了。小蘭有了新男友這樣的消息，我根本不用打聽，晚上搬個板凳坐在騎樓就知道了，不過整條商場的人沒有人像我一樣親眼目睹。只有我真的看過，這是我的獨家情報。

那天阿猴並沒有機會見到小蘭，不只是因為鱸鰻看守著眼鏡行的大門口的關係，而是小蘭要去上廁所的時候，阿猴繞到另一邊想跟她碰面，這時小蘭一發現反而就掉頭回家，兩個人像在玩捉迷藏一樣。我看著小蘭臉色蒼白地賭氣不上廁所的荒謬場景，就知道阿猴應該是完蛋了。多年以後我回想那時小蘭折返店裡的神情，好像失去了什麼東西似的。她似乎沒有為新的愛情變得神采飛揚。

那天阿猴要回營時準備到台北車站搭火車，我從商場一樓看見遠遠走在天橋上的阿猴。只是小小的一點而已，不過不知道為什麼，十一歲的我卻可以清楚地感受那小小一點，所傳來的痛苦。

我大概從那段時間開始，常常去逛「哥倫比亞」唱片行。只是逛而沒錢買，勉強湊出的錢只買得起那種把Wham和Tom Waits收在一起的奇怪卡帶。不過我喜歡看LP唱片的包裝，和店裡的小弟把它放上唱機，放上唱針的那一刻。唱針會看起來穩穩地又有點不穩地在唱片上滑動，然後把收納在那裡頭的聲音透過不知道什麼奇怪的原理重新傳送出來。由於空間有限，我記得那時候唱片行裡頭的唱片都是橫擺的，找的時候得一張一張地掀起來看，好像祕密疊著祕密似的。我把阿猴送我的唱片請「哥倫比亞」的店員小弟放給我聽，我問他知道這唱歌的歌手嗎？他聽到那個前奏，說，這是《無敵情報員》的主題曲嘛。

我說，對，這傢伙叫強尼‧河流們。

我不太清楚事情過了多久才發生的，不過我想應該是春天剛過，商場又要進入酷暑的時候，可能是清明和端午之間吧。因為在我腦中的畫面，那時店家已經又開始把帆布放下來，綁在靠鐵路的那面水泥牆上，以遮蔽午後太過強烈的陽光。風一大的時候，帆布會蓬蓬蓬蓬響，好像整條商場要飛走似的。那是我待在小學的最後一個學期，心裡充滿了對國中生活的不安感。

那天放學回家的時候，走在天橋上我就知道有大事發生了，商場的鄰居沒有人在店裡，像是在騎樓開會似的，混亂而大聲地談著什麼事。我是從鄰居的轉述的轉述，加上事後看報紙，逐漸把這個事情拼出一個面貌。

小蘭姊死了。阿猴也死了。小蘭身上有零至兩個彈孔，是國造五七步槍的子彈造成的。阿猴的死比較複雜，他身上好像也有零至一個彈孔，不過主要的死因是濃煙嗆傷。小蘭她家被火燒掉了。

報紙的版本是：昨天晚間西門町一間民宅發生殉情事件，死者徐香蘭與侯立誠雙雙死於浴室，兩人身上並無明顯外傷。警方推測兩人燒炭殉情，不意引起大火，兩人清醒時或許因後悔而躲入浴室，但仍遭濃煙嗆死。其中侯立誠是現役軍人，他從營中偷出一把國造五七步槍，留在現場，目前軍方與警方正在追查失槍責任。

不過鄰居們的版本卻是：阿猴帶著槍找小蘭談判，一時火氣上來開了槍。阿猴隨即試圖開槍自殺，但用步槍根本射不到自己，可能勉強用什麼東西抵住板機開了一發，但終究沒打中要害，於是他便決定放火，終於兩個人都死在火場。

至於鱸鰻呢？前一晚他醉倒在五金行鄭仔他家裡，根本沒有在場。也就是說，這些傳言都沒有人能證實。

我不願去重述當時商場的震驚、悲慟或者是鱸鰻的反應。事實上，事情發生以後，只有出殯公祭那天有人短暫看到鱸鰻，都說他變得瘦得不得了。那件事之後整整三個月的時間，商場的人都不敢高聲談笑，連做生意也變得意興闌珊。而鱸鰻就像是消失了一樣，象棋跟酒都吸引不了他出來，眼鏡行裡他的親戚和員工也都拒絕談及他，鄰居也不敢問，就好像這個人也隨著那個事件一去不返。

這個新聞事件留給大家最大的一個謎題是：無論是新聞的版本，或是商場的版本，阿猴確實帶出了一把槍。但是阿猴怎麼可能從營區弄出一把長得要命的五七而不被發現？

多年之後我猜測，會不會是阿猴把他的吉他連同吉他袋都帶進營裡面，而那天他的吉他袋裡裝的不是吉他，是五七？只需要一個不負責任的軍械士，加上一個倒楣的，和阿猴熟悉兼換帖的衛兵，一不注意就放阿猴和他的吉他出營區了。只不過不知道，那軍械士和衛兵，是不是倒楣到被判了重刑？

然後某一天，鱸鰻出現了。讓人驚訝的是，跟傳言不同，鱸鰻並沒有瘦得皮包骨，反而還是有著啤酒肚跟雙下巴。他若無其事地像以前一樣，穿著一雙從前你家也有賣的那種夾腳皮拖鞋，啪答啪答地在眼鏡行裡走來走去。只是一整天下來，鱸鰻一句話都沒說。

晚上的時候，喜歡下棋的五金行鄭仔、牛仔褲店的阿和和我爸，也若無其事地邀了鱸鰻一起下棋。他們一面喝著樓上雜貨店買的米酒，一面吃「真正第一家陽春麵」買來的陽春麵加烏梅酒。我從來沒看過商場的中年人下這麼悶的棋局，所有人都不敢談笑互相嘲笑也不幹來幹去，簡直比較像參加葬禮而不像在下棋。

突然之間鱸鰻找到我爸棋勢的一個空檔，重重地把車放下啪的一聲然後大喊：「君啦！」所有商場的人都聽到那中氣十足的聲音。然後在那一刻的後一秒，在我眼前的，鱸鰻半坐的巨大身軀，就絕望地連同椅子側倒下去，從此再也沒有醒過來了。

「那年夏天，我終於存夠了錢買下我的第一把吉他，在美聲樂器行跟蔡老闆買的，紅色的Archtop，聲音很美。」阿澤用手刷了幾下弦，說：「如果沒有那把吉他我沒辦法度過商場的夏天吧，熱死了。」

我看著阿澤，想想或許下個月我就會退掉這門課。我不知道他還記不記得跟我打架的事情，但當我努力回想那年夏天是如何度過的，喚起卻始終是同一個畫面。我們站在天橋上，馬路邊，看著火車像河流一樣在面前拐了個彎，或入城或出城，循著看起來只有一個的軌道就此離去。天

金魚

金魚

我這半輩子裡，常常太被自己腦袋中的紛亂念頭牽著走，以致於從小就是一個快快不樂的孩子，結果長成一個快快不樂的大人。一個不快樂的小孩子只是惹人厭而已，但是不快樂的大人還惹得其他人不快樂。坦白說我現在已經不太在意接下來的人生會是什麼樣子了，所以在生活上、在記憶上，我都盡量把一切清空。

不過無論我的人生房間多小，再怎麼清空東西，或許我都會留著特莉沙。

小時候的商場中，特莉沙對大多數的男孩，都像是遙不可及的，星辰一樣的事物。可是曾經一度，她就在我觸手可及的地方。特莉沙這特別的名字是一個音樂老師取的，他準備了幾十個英文名字，然後指定某個座位的孩子就叫那個名字，方便他點名。

特莉沙長得太高，全班只有一個男生比她高，那就是我。她的瞳孔渾圓，有著長而且黑的頭髮，肩膀細小，腿卻又長得驚人，穿上體育短褲時，背影就完全讓人有一種她不再是小學生的感覺。總之，當所有的孩子還是孩子的時候，特莉沙已經有一種在那個年紀不被允許的誘人本質。

但當時周遭的男孩根本不知道怎麼回事。他們只覺得自己被某種力量牽引，變得喜歡捉弄特莉沙或看別人捉弄特莉沙，就好像她身上有一些不能被原諒的什麼似的。他們圍繞在她身邊，彷彿希望她笑，卻總是弄到她哭。

而且會這樣做的不只是班上那些原本就調皮搗蛋的男生，連一些功課好，平常規規矩矩的男生都會加入這樣的共謀。比方說在體育課打躲避球的時候，男生都會刻意攻擊特莉沙，以致於特莉沙總是第一個被打中而退到場邊的女生。這時男生又會刻意把球做給她，然後讓她有機會復活回到場上。只不過特莉沙一回到場上，球又總是刻意地往她身上招呼……。由於是體育課，特莉沙也不能輕易地說自己不玩了，只好露出無奈的哀傷神情。男孩們看到特莉沙那個神情，就竊竊私語起來，心裡頭酸酸的，卻又覺得有一種快感，心頭像被一個夾子夾得緊緊的。

也許那陣子男孩們都得一種忽冷忽熱的病。男孩們都在的場合，就非常一致地對付特莉沙，而在其他男孩沒有發現的時候，又會刻意留下一個橡皮擦、迴紋針、小天使鉛筆之類的東西在她的桌上或抽屜裡。特莉沙和男孩們都被彼此弄糊塗了，內心焦躁不安，就像春天到了卻被關在籠子裡的綠頭鴨子。

我當時也是被弄糊塗的其中一個人。我常常掃地時故意把灰塵掃到她身旁，午餐吃飯時把飯粒往她那個方向彈，傳考卷的時候故意略過她，把鼻屎弄在她的椅子上。但我還是常常在課堂上，不知不覺地往她的方向望。我直覺到特莉沙對我的討厭，她的討厭讓我心裡出現一個深不見底的窟窿，那時候我還以為是因為自己也討厭她的緣故。

我和特莉沙的關係因為一件事而發生轉機。

那時候每年到了國慶都有一連串的活動，比方說閱兵、國慶煙火、國慶晚會等等。閱兵是每個商場孩子等待的大事，因為商場和第一百貨之間的中華路是必經的大路。遊行隊伍甚至會在這裡停下來調整前進的速度，這是因為前方的隊伍正要轉到總統府，向司令臺敬禮，整體前進的速度會改變的關係。國慶日前幾個禮拜，參與閱兵的部隊和團體就會反覆排練行進路線和速度，由於陣容浩大，通常都在深夜進行。有一次我半夜醒來想要尿尿，結果往窗外一看，幾十輛坦克和被稱為水鴨子的兩棲裝甲車、軍車就靜靜地停在商場和對面第一百貨之間的中華路上。幾個軍人檢查著每輛車的距離和位置，然後在地上用油漆點上一個一個的小紅點。那深夜的風景安靜得有點不太真實，我看著看著就發了愣。直到突然有人喊了一聲不知道是什麼的口令，坦克與軍車都再次動了起來，窗戶遂哐哐哐地顫動不已。

儘管那時候我年紀還小，但在月色和路燈下的隊伍，讓我第一次感覺到，此刻經過我眼前的，是非常冰冷而具傷害性的東西。

正式閱兵的那一天，台北市的高中生都會去總統府廣場排字，戴著蠢得要命的傘帽，在那邊站好幾個小時。不過我們那時候還是小學生，通常被指派的是晚上去國慶晚會充當觀眾。我還記得那年的國慶晚會是在體專的體育館辦的，那時候對我來說，體專的體育館就是好遙遠的地方，我跟幾個同學約了一起搭公車去，否則我一定一輩子都找不到。

進去體育館以後，我有點被那個巨大的建築物驚嚇到。整個晚會的節目融合了雜耍、歌唱、脫口秀和魔術，同學們都很滿意這一年的國慶日是這樣結束的。由於難得進到有冷氣的地方，我卻很快地睡著了，而且不幸被級任老師發現，要我到班級最後方的位置罰站十分鐘，才能自動坐下。我記得騷動大概就是從那時候開始的。

特莉沙和一些女孩站起身來去上廁所，回來的時候幾個男生開始交頭接耳，對著特莉沙指指點點。聲音逐漸傳開，但我的位置沒辦法好好聽清楚。罰站的十分鐘一到，我馬上走到死黨阿豪的旁邊問他發生什麼事了。

阿豪一副神祕地說：「特莉沙流血了。」

「流血？為什麼？」

「不知道，有人看到特莉沙流血了，褲子都是血。」

我往特莉沙坐的位置望去，幾個女生面帶恐懼地指指點點，特莉沙有點不知所措，臉色蒼白，仍然坐在自己的位置上。阿豪旁邊的阿謙接口說：「什麼流血，是月經啦，白癡。」

「月經是什麼？」我傻傻的問。

「就是大姨媽啊，白癡。」

我沒有再問大姨媽是什麼，雖然我真的不知道大姨媽是什麼。但眼看特莉沙低著頭開始掉眼淚了，表情不像是痛楚，反而像是屈辱。而這時候我們的級任老師又剛好不知道去哪裡，大家似乎陷入了一種茫然的情緒，連班長都不知道怎麼辦。

我猜她一定是擔心流血的樣子被看到，於是我把外套脫下來，跑到特莉沙的旁邊拿給她。

「妳可以像這樣綁在身上。」我做了一個把外套綁在腰上的手勢。

特莉沙遲疑了一下，把衣服接了過去，綁在腰際上。而這時候級任老師也回來了，她在問清楚事情後，匆匆帶特莉沙去了一趟廁所，然後請兩位女同學陪特莉沙先搭車回家。

那天晚上回家時，我身邊的男生都藉故離開，留下我一個人獨自尋找公車站牌。結果我搭錯了反方向的公車到了松山，到了總站的時候司機把所有的人都趕下車，說終點站到了，我問司機說：「公車沒有到商場嗎？」

司機說：「啊，你坐到反方向的車了，你現在要去對面坐，十分鐘以後就有車了，不過到商場要四十分鐘。」一臉凶惡的公車司機好心地借我銅板打公共電話回家。等車的時候我覺得整個世界都是陌生的，好像被拋擲在金龜子星上頭似的，眼淚不禁掉了下來。到家的時候我結結實實吃了我姨丈一頓棍子，他認為我總是找他的麻煩。

從小我就不確定知道自己的父母在哪裡，我是阿姨跟姨丈養大的，他們對這個問題的回答總是「你爸媽生病死了，把你留給我們養。」但我連一張我父母的照片都沒有。阿姨的解釋是，當時窮沒有相機，也沒錢去拍照。阿姨跟姨丈自己也有四個小孩，其中老大阿芬跟我年紀差不多，是我唯一的談話對象，其他的小孩都對我帶有敵意。姨丈在商場開了一間小店賣餛飩麵，所以我很小的時候就會包餛飩，一秒鐘可以包一個沒問題，跟阿芬一樣快。

那件事讓我跟特莉沙的關係變得特別。之後她有時候下課在走廊遇到我，都會給我一個微笑，那真是非常不可思議的微笑，好像有人交付什麼給了你，而你得小心保管似的。不過那時候同學都暗自傳說特莉沙跟班上一個家境看起來十分富裕的男生在交往，只是我們並不會用「交往」這個詞，只會說是「怪怪的」。又過了半年，那個我們叫他大雄的戴眼鏡男生全家移民美國，特莉沙變得非常憂鬱。大雄去美國的第一個月寄了一封信給全班同學，我們級任老師請一位同學上台把信唸出來。唸信的同學以朗讀比賽的方式讀信，非常可笑。其中一句寫道：

各位親愛的同學，我在美國的生活很好，現在住在我表哥家，他們家好漂亮，地上都鋪了長毛地毯。

那個同學把「長」（ㄔㄤˊ）毛地毯，唸成「長」（ㄓㄤˇ）毛地毯，全班都笑得東倒西歪，但卻沒有人知道什麼是長毛地毯，我側過頭去看特莉沙，她面無表情地坐在那裡，好像完全沒有聽到信的內容似的。

畢業典禮那天大家都哭了，因為我們級任老師說如果不哭就是鐵石心腸。多年以後我根本想不起來那時候是否真的傷心，所以越來越無法確定自己是否是鐵石心腸。整個升國一的暑假我每天都在寫信給特莉沙，因為只要一天不寫信我就無法維持自己的傷心。有很長的一段時間我們只是互相寫信，然後我會到她念的國中等她下課，陪她等到公車為止。接著偶爾陪她坐公車回家，那時候我阿姨和姨丈對我的管制越來越放鬆了，我也盡量晚點回家以免他們心煩。說真的我並不恨他們，因為我長大就知道要養育一個不是自己的孩子，又在那麼貧窮的狀態下需要多少耐心。我只是不能接受他們為什麼不願意告訴我，我爸跟我媽的事。

應該是在國二升國三暑假的某一天，特莉沙跟我說他爸不在，可以一起做功課，那是我第一次進到她家。小學的時候多數同學的家，彼此都熟門熟路的，但特莉沙她家例外，因為她爸是個算命仙，沒有人會允許自己的孩子沒事到算命仙的家裡去的。特莉沙她家外邊插了一支旗子，上面寫著「小通天」，門口還擺了一張臉上的痣代表什麼意思的圖畫，小時候男生都會互相開玩笑，故意在自己臉上畫一個代表「淫賤」的痣。特莉沙本來還有一個姊姊，聽說得癌症死掉了，不過大人們都不頂相信這個說法。其實我猜大人們也不知道確切懷疑的理由，大概是從來沒有看過姊姊去醫院之類的吧。總之那個原本雖然低調，卻應該還在的姊姊，在某個時間點以後就不再出現了，沒有人知道她去了哪裡。我阿姨的兒子曾經繪聲繪影地說他曾經在晚上聽見她回來哭的聲音。

「就在那個垃圾桶旁邊。」他很肯定，哭聲就是從那裡傳出來的。

我一進到她家，發現算命仙的家一點也沒有神祕感可言。裡頭就只有一張覆蓋紅色棉布的桌子、籤筒和兩張椅子，牆上釘了幾片木頭當做書架，放著一些農民曆和相書之類的東西，掛著幾幅我完全看不懂寫了什麼字的書法。比較特別的就是桌子上有一個花形的玻璃魚缸養的一缸魚，都是尾巴像開了一朵花的凸眼金魚。我算了一下，有兩隻是黑色的，兩隻是紅色的，還有一隻是……怎麼說呢，我很想說牠是白色的，可是跟那種有著白色鱗片的金魚不同，牠的白有一種非實體感的白色，就好像是空氣一樣的那種白色。準確一點說，或許「帶著透明感」是比較準確的。

「這些魚是妳養的嗎？」

「嗯。都是我在餵的，不過應該說是我爸的。我爸會一種魚占，就是看魚的游泳姿勢來替客人占卜。」

魚占？那是我一生至今唯一聽到的說法，我再也沒有聽說過誰是用魚來占卜的。魚游動的姿勢怎麼占卜，魚根本就是亂游的不是嗎？

後來我們到閣樓做功課，我好奇地翻看特莉沙教科書以外的書。我沒有問她的母親哩，也沒有問她姊姊哩，因為我自己也很恨別人問我這樣的問題。

我斜躺在她的枕頭和捲成圓筒狀的棉被上看《姊妹》雜誌，她也跟著躺下來，屈著腿挽著我的手臂。我的手肘碰到她柔軟的、剛發育的胸部，聞到不可思議的一種香氣。坦白說那時候我既沒有看過A片，也沒有人教過我怎麼做愛，但身體有它自己的本能，我翻過身來，很生硬又很自然地吻她，然後我們就做愛了。當然沒有保險套，沒有體外射精，女人的身體裡面比外頭柔軟許多，我當時只有這樣的感覺。做完愛後，她去洗了個澡，然後我們坐在閣樓邊的窗戶前看著馬路，讓腿從氣窗伸出去晃呀晃的。我跟她提起有一回國慶日前幾天凌晨，半夜起床看見坦克和軍車停在馬路上的情景。

她靜靜地聽著，兩隻手挽著我的手臂，我的手肘輕輕碰觸到她的乳房。

於是我們又做了另一次。

特莉沙並沒有允許我在外邊牽她的手，而因為年紀與金錢上的限制，除了上學、回家路線以外的風景我們完全沒有看過。沒有上過任何一間咖啡館，除了家裡的飯菜以外，沒有吃過餛飩麵、牛肉麵或燒餅油條以外的食物。以致於我現在回想的時候，回憶就像一條不斷重複延伸的道路，看過的風景不斷重複出現。想想似乎是非常無聊的戀愛，但在我的印象裡，每回我看見她的時候，都覺得還好阿姨跟姨丈心不甘情不願地把我養大。

特莉沙跟我的功課都不太好，並沒有考上理想的高中。她的學校遠在城市的邊境，而我只考上榜單上最後一所的公立高中，在城市的另一邊。高一高二我們仍然有來往，但到了升高三的那個暑假，我寫信給她她都沒有回，但明明「小通天」的旗子還在。我三番兩次到她家門口盯哨，清晨都還會看到他父親去市場買菜。但特莉沙呢？她就彷彿是某種透明的東西，消失在商場了。

我在讀高中的時候就知道上大學是絕望的，我阿姨和姨丈也不可能把餛飩店的生意交給我，所以高中一畢業，就去當板模工人，並且在外頭租了房子。總而言之，是獨立生活了。因為我對組裝東西很感興趣，不久又從一些師傅身上學了木工技術，對電路也滿在行，也許算對這方面是有點天分，很快變成包工的工頭。結果混著混著，現在大家都叫我是設計師，說穿了就是室內裝潢的工頭，由我來組成工班。我一直覺得這個工作對我來說相當不錯，可以為別人搞一個可能要生活好幾十年的空間。我常常在設計時做了一個屋子主人也不知道的抽屜之類的東西，心裡想著什麼時候才會被人發現。

跟特莉沙分手以後，我的生活變得簡單，直到現在，只再跟三個女人談過戀愛，最後一個是四十幾歲的有夫之婦。我們在她丈夫出差的時間碰面做愛，大概都是星期一。她看上的應該也是跟我能愉快做愛這件事吧。跟她做愛的時候，她有時候會濕潤得不得了，但有時則不。她會在太過乾澀的時候在陰唇塗上嬰兒油，讓我容易進入。我曾經買了KY給她，但她完全沒有用的意思，她說她還是比較喜歡抹嬰兒油的感覺。

「有差別嗎？」

她說：「有差別。」

我並沒有跟她說我是因為怕嬰兒油的味道跟她分手的。那個味道比汽油味還難洗掉，我常常回到家以後，一下子清洗不掉那樣的氣味，那氣味沒有消散之前，我好像沒辦法回到自己的生活裡頭，那種感覺非常糟。

不過這三次零星的戀愛，讓我體認到了自己並沒有組成一個家庭的打算。和那個有夫之婦分手以後，我就靠召妓來解決自己在性上面的需要。因為不用養家，我幾乎除了吃飯以外，所有的收入都花在這事上。我不想和自己熟稔的人做愛，也不想因為做愛而漸漸和某個人熟悉起來，因為那樣就一定要投入感情，讓自己多多少少興起一個家的念頭，那讓我覺得不快樂。

有幾次我因為常點同一個小姐，漸漸因為聊天而對對方的生活有了一些了解，做完愛也去吃了宵夜，發現竟然產生了不一樣的感覺。一旦警覺到這一點，我就下定決心不再點她。雖然有人說性跟愛是可以分離的，我倒不以為然。我覺得性對人的感情反應，常常會產生不可預料的影響，即便是自以為已經分離處理也一樣。畢竟，讓性欲跟愛活著的身體是同一個，不是嗎？

不過遇到百合以後，我不自主地，成為她的固定顧客。我是在萬華的桂林路上遇到百合的，我一眼就在眾多站壁的女人裡看到百合。不只是因為她的身材很高，還因為她根本不看我一眼，更重要的是，整個萬華的流鶯，只有和她做愛可能不會讓我自己有哀傷的感覺。雖然她很可能比我年長五到十歲，但外表並看不太出來，而且第一次做愛與做愛完的談話完美得不得了。她靠到我的肩膀邊，雙腿微屈，如果有人從天花板上看下來，一定會以為她想向我懇求什麼事似的。

萬華的流鶯通常服務的時間只有十五到二十分鐘，收費從三百塊到一千五百塊不等，只是三百塊的可能是五十幾歲看起來卻像七十歲的阿嬤，我從來沒看過她們有任何客人。一般還有生意的小姐，會在附近的巷弄裡租一個小房間自己使用或和姊妹共用。房間通常都只有木頭隔板，隔壁正在做愛的聲音完全聽得到，甚至嗅得到彼此的體味。不過百合的房間是獨立的，似乎只屬於她自己，因此相對乾淨，非常居家，甚至還養了一隻虎斑貓。第一次做愛前我們共浴，可以看到她的乳房和臀部都開始有下垂紋了，年輕時候或許算是個美女，房間裡的黃燈泡也讓她看起來比實際年齡年輕得多，但浴室裡的燈是白色的日光燈，年齡就暴露出來。做室內設計的我，向來認為白色的日光燈是一種殘酷的燈。

我說：「浴室裝黃燈比較好。」

她一邊用蓮蓬頭為我清洗身體一邊說：「為什麼？你嫌我老？」

我說：「嫌什麼？我說的是燈的顏色而已。」

她問：「你住哪裡？」

我說：「台中。」我並不想把自己完全暴露出來。

她又問：「你做什麼工作。」

我說：「室內設計。」

她笑了起來：「難怪你會注意燈的顏色。」

共浴時我勃起了，百合蹲了下來為我口交，我並不喜歡那樣，因為會看見她的頭上露出沒有被染到的，剛生出的白髮。所以我拍拍她的肩膀表示到床上去。

做愛後百合說自己年輕時候做過酒店小姐，之後也做過房屋仲介的工作，現在選擇萬華站壁的原因是時間自由多了。

「說起來房屋仲介反而比較像是騙子一樣的工作，明明游泳池只有一點大我們也會說得跟湖一樣。」她說。

我說：「比妳現在做的工作更像騙局。」

「當然。」她笑了起來，因為時間鬧鈴已經響起，她站起身開始穿衣服。先穿上內褲、再套上絲襪，最後依序穿上胸罩、短T和短褲，配上黑色高跟長靴，戴了一頂白色羊毛帽。剛剛乳房和肚子、臀部布滿下垂紋的身體就被巧妙地掩藏起來。說這時候的百合有一種閃閃發亮的氣質也不為過。

隔天我又再去找她一次，這次她穿了高跟露趾鞋，紫色連身洋裝，還是斜戴著那頂白色羊毛帽。我們一進房間她就問：

「我穿這樣好看還是昨天穿那樣好看？」

我說：「妳認得我？」

她說：「當然。我看你在對面走很久了，我沒有跟你招手，因為來這裡的男人有權利選擇的，我以為你在選小姐。這裡的小姐是不會跟客人招手的。」

我搖搖頭：「我本來就是專程來找妳的。」

她說：「謝謝。」

「都好看。」我說。

此後我就經常去找百合，有時聊天，有時做愛，無論是聊天或做愛我都付一樣的價錢。我漸漸覺得，自己並不是全然因為性的需求而去找百合的，這讓我想抽身離開，無奈第一次陷入眷戀無法自拔。我愛上了深夜萬華的腐敗氣息，滿街睡倒的遊民，交錯複雜的巷弄，坐在機車上的流鶯。有的流鶯可能膝蓋不好，自己還會帶著板凳，拿著小扇子搧風。百無聊賴身上並沒有錢的老人，就站在她們面前一語不發地看著，像檢視什麼貨品似的，他們說這叫看「圓仔花」。此外就是從凌晨三點開始擺的各種離奇二手貨品的地攤，從賣舊鞋到音響都有。有一次我甚至看到一個老人同時賣舊的假面超人的玩偶、千手觀音佛像、A片和運動鞋。我問他舊球鞋的價格，五十元，千手觀音佛像，七百元。我看滿街的夜間地攤看的人多，買的人少，畢竟一雙舊鞋就算如此便宜，要找到合適的腳恐怕也不容易。不過我始終好奇，究竟是舊鞋好賣還是舊佛像好賣？我發現這裡不少巷弄都掛了時鐘，一開始只覺得奇怪，後來發現這些時鐘是專為騎樓下工作的人標示時間的，而不是為在房子裡的人。

我仍然會在找百合之前把當天出來的流鶯一個一個看過，不是為了挑選，可能只是一種耽溺。我喜歡走在那樣的巷弄裡，感覺那種生疏的親密感，我不屬於那裡，又屬於那裡，有的流鶯漸漸認得我了，再也不會招呼我，她們知道我是百合的客人。幾次之後，我發現巷弄裡有流鶯的地方就有貓。

起初我弄不懂她們和貓的關係。後來我發現，警察每晚十點到三點會輪流站崗，因此除了外地來的，當地有租房子的姊妹都是三點以後才「上班」，而有些遠從台中上來暫時排「假日班」的姊妹，則會躲到暗巷裡。無論如何，當警察騎著機車巡邏的時候，她們都只好坐在機車上啃滷味喝珍奶，此時貓就開始聚集過來，喵喵叫地討骨頭吃。姊妹們將啃得只剩下一點肉屑的骨頭丟給貓，貓吃了那肉屑後眼睛益發明亮，在巷弄間舉著尾巴，哭泣似地來回走動，有時就在屋簷的邊緣性交。警察一走，百合和姊妹們就踏著高跟鞋從潮濕、布滿菸蒂與痰的巷道裡走出來，巧妙地站在路燈照不到的地方。有些年紀比較大的老人站在路邊觀看，因為彼此都站在陰影裡頭，看對方的眼神也變得迷迷濛濛的。貓摩挲著女人們的腿，讓人覺得有一種性感。

百合告訴我，通常她們一眼就知道這個人會不會是自己的客人，遇到不喜歡的客人，就開高一點的價錢把他們嚇跑就是了，不過這當然是百合的條件夠好。多數上了年紀的流鶯招客就像懇求。

「像你這樣的客人很少。」百合抽著菸說。

我是去找百合，從舊公寓下來的時候遇見她的。由於我和百合從來不一起下樓，因此一開始我並不知道她是找百合的，只是覺得她太像特莉沙了。我因此沒有馬上離開，故意站在一旁抽根菸，偷瞄著她。後來百合下來，我才確認她們兩個人是認識的。百合是不會跟我在房間以外的地方交談的，這是我們的默契，於是我就先默默離開。

幾天後我再去找百合，找到一個談話的時機問她那個女生是誰。

百合看起來不太願意回答，又不願意騙我的樣子，說：「她不是在這裡上班的，好吧，她是我妹妹。」

我說：「她是我的小學同學。」

坦白說我並沒有一定要和特莉沙見面的，因為我不曉得見面的意義，特別是在這樣的情況之下。但幾天後我們還是透過百合，在黃昏的時候約在她工作地方的樓下。我們彼此笑了笑，決定邊走邊聊。一開始談話很緩慢，有的時候只因為一個字，氣氛就凝結了，有好一陣子講不出話來。走過開封街一家小時候就存在的麵包店，發現那個熟悉的櫥窗變得時髦了，裡頭放了一個蛋糕，那個蛋糕放在一個轉盤之上，不斷旋轉著，用這方法招攬客人真是蠢，我這麼想。

「妳還記不記得我第一次到妳家時候的事？」

「記得。」

「一轉眼時間就過了。」

「是呀。」

我們到了小學附近，吃一家當時就十分有名的甜不辣店，我才發現特莉沙跟百合在面貌上的相似之處，她們的眼睛都大而且長，幾乎要超過眉毛，有一種媚態。我看著她的眼睛聽她講話，才知道那時她突然消失，就是投靠了百合。

「那妳們為什麼要離開家呢？」我問。

特莉沙搖了搖頭。

我為自己錯誤的問題感到懊惱，有時候談話就像用電鋸鋸木頭，任何一個閃失都無可挽回，你只能修整而已。

我說：「我有寫信給妳，也到過妳家等妳。」

「嗯。我有想過聯絡你，但那時候我姊帶我到台中了。我想也許不再聯絡也是好事。」她停頓了一下，像想到什麼似地說：「對了，你還記得我家的金魚嗎？」

「金魚？」

「是啊，你那時候一直問我，有一條金魚為什麼看起來有點奇怪。」

「有嗎？」

「有啊。」

「嗯，好像有。那為什麼？」

你還記得那個魔術師嗎？小的時候可能是因為長得比別人高的關係吧，我常常覺得非常寂寞。我問我爸，媽呢？他說不要再提起那個女人了。我爸每天鑽研術書，他的算命術除了是一個外省人教他的以外，都是自己讀書學的。小六的時候你記得那個叫大雄的同學去美國了嗎？大家都以為因為他離開所以我變得憂鬱，但根本不是。因為在差不多那個時間，我姊離開家不知道去哪裡了。她離開以後，我變得更寂寞。

那時候我常常到天橋上看魔術師表演，還有另一個原因是，比較有可能會遇見你。

那天我下課的時候和同學們圍著魔術師，魔術師興致很高，生意看起來不錯的樣子。他那天賣的是魔術畫圖本，但表演的是賣的道具做不到的魔術。他說如果不斷鑽研這種魔術，只要你在心裡用咒語呼喚想要變出來的東西，就會發現什麼都可以從畫裡頭走出來，就好像世界本來是一幅畫。他隨手指了一個路人牽的小朋友，要他從計算簿上撕下一張紙，並且試著在上頭畫一個橡皮擦。小朋友畫好以後遞給魔術師，他伸出右手，在上頭摸著摸著，就把畫上面的橡皮擦摸成一個一模一樣的真的橡皮擦。那個變出來的橡皮擦還長得歪歪斜斜的，跟那孩子畫的一模一樣。魔術師把橡皮擦送給那個借他紙的小朋友，圍觀的人都鼓掌叫好。

魔術師說他還需要另外一個小助理，他看了看現場的小朋友以後，決定指定我，叫我試著畫看看任何我喜歡的東西。我說我想畫魚，因為我家養了一缸金魚，那不是普通的一缸魚，是我爸拿來做「魚占」的魚。我很喜歡餵魚，所以我想畫魚。他說沒問題，問湯姆是不是可能回去鍋貼店拿一個水瓢子裝點水過來。湯姆說沒問題就跑回去拿水瓢。我把我的計算簿撕了一頁下來，畫上一隻沒有上色的金魚。畫完的時候湯姆正好回來，魔術師要我拿起裝了水的水瓢不要動。他的手在紙上一直摩挲一直摩挲，突然間一條活生生的魚就從簿子跳進我拿著的水瓢裡。我覺得全身像被電殛一樣。魔術師說那條魚就送妳了。

我畫的魚跟一般的金魚一樣，有凸的眼睛跟開花的尾巴，唯一不同的地方就是我並沒有上色。我把魚帶回家，倒進魚缸，其他的魚一開始對牠很好奇，漸漸地也就接受了牠。我看見那條透明的金魚，好像存在又好像不存在地在魚缸裡游泳。日子一久，我只要靠在魚缸跟牠講話，牠就會游過來，用那雙有著大水泡的雙眼看著我。

就像你知道的，我一直跟我爸住到了高中畢業那年。不過早些時間我就聯絡上姊姊了，姊姊也鼓勵我離開家，她說世界不全然都是地獄。我走的那天只帶了一些衣服，也帶走那條金魚。那條魚非常長壽，我爸用來魚占的兩黑兩紅的金魚都換過好幾輪了，牠卻都好端端地活著。不過搭火車的時候，我裝魚的塑膠袋被擠掉在地上，魚跳了出來，最後來不及救起來就死掉了。死掉的魚變得更透明，我差點找不到，簡直就像冰塊做的一樣。

我們吃完甜不辣以後繞回大路，那條曾經在國慶閱兵演習時，半夜裡我從窗戶看到的，停滿坦克、水鴨子、軍車的大路，現在什麼都沒有了。我想起當兵的時候，曾經把第一天入伍的饅頭收藏起來，那時候我有收藏癖。饅頭很快地變硬，放假我把它放到房間那個有玻璃門的書架裡頭，那裡還收藏了我家在商場的門牌，雜貨店的玻璃糖果罐，和鐵路管理員拿的那種，鐵做的警示提燈。

一開始饅頭長出黴斑，但除了顏色變黃以外我看不出有什麼變化。漸漸地我習慣了，或者說忽略了它的存在。大概在十年前，有一天早上我刷完牙後站在書架前面，卻覺得眼前的書架似乎跟以前有什麼不同。幾秒鐘後我終於想起來，原本那個地方應該還有一顆饅頭的。它被黴菌吃掉，竟然什麼都不剩了。

這個城市的每條路看起來都像歷經風霜再修補而成，而那些修補的痕跡如此潦草，一看就知道未來會再次支離破碎。我試著在過馬路的時候，牽起特莉沙的手，我們都累了。生命本來就該是繁殖以後就消失，何況我們什麼都沒有留下。我們不應該活那麼久。在經過以前是鐵道的位置的時候，我轉過頭去吻了特莉沙，特莉沙一開始嚇了一跳，但回神後隨即也給了我一個吻，她的舌尖像小動物一樣，試探性地顫抖著。

非常奇妙的是，特莉沙嘴唇的柔軟與味道我並沒有忘記。在我無聊的、混亂的人生裡頭，總算還留下了這樣一件，即使像冰塊融化了，還以水的形式存在的東西。

鳥

鳥

我是在上小學的那一年開始養鳥的。

還沒開學前，每天我都還是跟著我媽到菜市場，我哥大我一歲，已經開始上學了。對我來說市場就好像兒童樂園一樣，我媽會騎腳踏車，把我放在前面的藤椅上，巡視每一個攤位，我覺得自己好像公主一樣。我希望永遠不要上學。

那天剛好有一個小販提著幾個矮矮的小籠子，裡頭大概關了幾百隻鳥。我第一次見到這個小販，第一次看見有人賣鳥。那是一種像麻雀的鳥，因為關鳥的籠子很小，一直傳來拍翅膀的聲音，小米殼被翅膀掀起來的風吹得飛來飛去。我問小販是什麼鳥。

「黑嘴華仔。」

「蛤？」

「黑嘴華仔。」

「黑嘴華仔，寡濟錢？」

「十塊。」

啊，十塊，我需要十塊。

隔天我媽帶我上菜市場買菜的時候，我一路拉著她的裙襬，不斷重複說我想喝養樂多。當時養樂多是個奢侈品，我媽斷然拒絕，並且甩開我的手。我很有恆心地持續追著她，鬧她，鬼叫，讓她心煩意亂。她終於丟了半毛錢堵住我的嘴。

接下來的半個月我費盡心思幫她打掃，擦擺郵票的櫥窗。你還記得我家開在商場二樓的那間集郵社嗎？裡頭有好多郵票都是我外公的，因為他的關係，我們家才會開集郵社，我才會開始喜歡上郵票。很多人都不懂，小小郵票有什麼有趣的？一直到上大學，我的生活根本沒有離開過商場，郵票裡那些照片、那些畫、那些人、那些紀念某件事所設計的圖案……，對我來說，都奇妙無比，簡直就像有無數的人寫信給我們，然後告訴我們他們國家的事一樣。晚上我看媽媽拿著鑷子整理郵票，就好像在為世界拼圖。所以每次賣掉一些很少見的郵票的時候，我都會心疼無比。

兩個禮拜以後我總算存到十塊錢，我告訴我哥我的計畫，隔天跟著我媽上菜市場的時候，藉口溜走去買養樂多，其實我是偷偷買了一隻黑嘴華仔。小販把鳥裝在小小的紙盒裡，我放在店裡的手提袋帶回家。我哥也很疼我，他是絕不可能揭穿我的。

因為怕我媽知道，回來以後鳥還是只敢放在小紙盒裡頭，我們只能從側面那兩個小小圓洞，把米粒丟進去，並且用養樂多罐，割成一個小小的盆子裝水給牠喝。鳥在盒子裡頭輕輕地跳著，有的時候發出一兩聲低低的嗶嗶聲，我興奮得背脊起了雞皮疙瘩。我和我哥當時以為，可以一直把鳥養在這樣的盒子裡。

隔天一早，我因為太想看鳥了，所以把盒子的一端打開一道小縫。不過黑嘴華仔顯然怕我怕得要命，拚命縮在盒子的後面。我從那個圓圓的小洞裡，看到一顆發亮的星星，不知道為什麼，我的心突地跳了一下，你知道嗎？那太美好了。就好像多年以後我第一次看到捷克的十二星座天文郵票一樣。

我和哥整天都不安寧，幾分鐘就跑到小盒子前面，從那個小小圓洞，感受和鳥眼神交會的瞬間。晚餐的時候我又把盒子打開一個縫想看牠在做什麼，沒想到牠一時驚惶往我眼睛撞過來，就這樣飛走了。

那天晚上我拿著空盒子哭了一整晚，我媽始終不知道我在哭什麼，被我搞得煩躁不安，終於忍不住揍了我一頓。我第一次感覺到自己失去了比十塊錢更重要的東西。

鳥飛走以後，我失魂落魄了好一陣子。夏天過去了，我終於上了小學。那時候我覺得上課非常無聊，唯一吸引我的就是校園裡有一棵樹，樹洞裡有一種叫聲是「郭郭郭」的鳥在那裡築巢，長大以後我才知道那是五色鳥。在我們那個年代，五色鳥在城中區的一所小學築巢，這個祕密誰也不知道。第一次期中考的時候，我媽答應我如果考前三名就買隔壁小路已經不要的那台三輪腳踏車給我，因為小路已經太高，那腳踏車已經太小。我說我不要腳踏車，要其他的東西可不可以？她說只要不比腳踏車貴的東西都可以。我問小路要賣他的腳踏車多少錢？我媽說一百塊。

一百塊耶。我和我哥使了一個眼色，媽說不要比腳踏車貴的東西都可以。

那是我第一次考前三名，之後都是你和那個家裡開麵包店的班長，還有五金店的蚊子考前三名，我再也沒有機會。那是我整個小學生涯唯一一次考前三名，所以我有了一對十姊妹。那時候我媽不知道那將會是我一生中唯一的一次前三名，還眼眶泛紅地告訴第八棟做竹編的那家店我多麼聰明，她因此加買了一個附有鳥巢的小竹籠子給我。我那天實在太愛我媽了，我發誓長大以後要養她養到天荒地老，絕不出嫁。

我哥和我在騎樓邊的女兒牆上釘了個木板，把鳥籠放在那兒。一公一母的十姊妹，公的是有點土黃色的，母的是黑白花的。尾巴都被剪掉了，聽說鳥店都會這樣做，這樣比較不容易飛掉。我哥每天一下課都先和我一起把籠子搬下來換報紙，有時候會有蟑螂藏在報紙底下，我怕得要死。我哥就會一面喊「唉油喔，有什麼好怕」地裝英雄，一面閉著眼睛踩蟑螂。沒有死的蟑螂都跑到隔壁舊書店和唐先生的西裝店裡頭去。

有一天早上起床，沒有聽到鳥的叫聲，我跑到籠子前面一看，發現兩隻十姊妹都死在籠子的角落。牠們的腳和屁股的地方被咬得碎碎的，羽毛上沾滿凝固的血污。

我當場大哭起來，哭聲之大，把二樓的鄰居都吵醒了。唐先生說他從民國以來第一次聽到那麼絕望的哭聲。

後來你哥哥告訴我哥哥說鳥是老鼠吃掉的，老鼠晚上的時候沿著電線爬上牆，然後到籠子的上頭，把尾巴伸到巢裡面嚇鳥。受驚的十姊妹飛了出來，因為夜盲的關係，牠們會選擇瑟縮地躲在籠子的角落。這時候老鼠再無聲地爬過來，一口咬住躲在角落的鳥。老鼠的嘴巴尖尖的，剛剛好可以穿過兩個鐵條之間的縫隙，所以就把牠咬得到的地方都吃掉了。

「十姊妹被咬的時候，一定很久才死掉，血流到快乾了才死掉。」我還記得你哥當時這麼說。

我跟我哥哥都哭了。

十姊妹死掉以後，有一段時間我都沒有想再養鳥。養了也是餵老鼠，我哥說。

過了一陣子，有一回我在天橋上那個魔術師的攤位旁邊，看到有人用文鳥算命。那個算命師長得像黑油條一樣，高高的，全身油膩膩的，總是穿著黑色褲子，黑色衣服，戴著一頂黑色的鴨舌帽，用黑布把小小的鳥籠蓋起來。如果有客人要算命的時候，他就會把黑布掀起來，放白文鳥出來，從寫著「事業」、「愛情」、「財運」的籤筒裡咬出一支籤，然後解釋給客人聽。那隻白文鳥真是不得了，在天橋上工作，竟然也沒有飛走的打算。後來聽你哥說，那是因為那隻文鳥是從雛鳥開始養的關係。文鳥抽一次籤就要十塊錢，跟一隻黑嘴華仔一樣價錢。

不知道你記不記得，有一次那個魔術師用那個算命師的文鳥表演魔術。那是我一輩子看過，最不可思議的魔術。

魔術師跟算命師借來文鳥籠子，說今天要變個特別的魔術給大家看。要求無論發生什麼事，算命師都不能碰籠子。

「這個很重要，如果你不答應就沒辦法變了。」魔術師說。算命師點點頭答應了。

於是魔術師掀開黑布，讓大家看到活蹦亂跳的文鳥，再蓋起黑布。魔術師用他的左眼看著鳥籠，右眼則像是看著觀眾，我一直覺得魔術師的眼睛帶著一種不幸的意味。一分鐘，不，也許只有幾秒鐘，魔術師俐落地掀開鳥籠，籠子裡竟然變成一隻毛都還沒長齊，張著嘴巴晃來晃去要小米吃的小雛鳥。姑且不論魔術師用的是不是障眼法，但他哪裡來的一隻小雛鳥呢？算命師怔怔忡忡失了神，想伸手去摸，卻被魔術師用右手打了一下手背，這次他用右眼嚴厲的瞪著算命師，左眼卻像是在看很遠的地方。

「我說過不能摸。」

隨著觀眾的議論紛紛，魔術師又把黑布一蓋，他閉起雙眼，喃喃自語一番後再一掀。啊，鳥又變回有著潔白羽毛的白文鳥，就好像剛剛大家都是眼花了一樣，每個人越想要回想起剛剛看到雛鳥的畫面，卻越來越不敢肯定，剛剛真的看到一隻雛鳥了嗎？大家心甘情願地鼓掌了，大人紛紛丟些銅板給魔術師。不料魔術師舉手表示魔術還沒有結束，他又用黑布一蓋，連咒語都沒有唸，幾乎是火石電光的瞬間，魔術師用他的右眼看右邊的觀眾，左眼看左邊的觀眾，唰地一聲把布掀開。我聽到算命師和我和許多觀眾一起哀嚎，那正是我幾個月前看到十姊妹屍體時的反應。

白文鳥死了。

雖然沒有任何傷口，但白文鳥躺在籠子底下，雙爪向後挺直握拳，眼瞼微閉，只露出一小縫的眼珠。從那一小縫的眼珠，完全可以感受到生命已經離開這個小身體。白文鳥死了，不用懷疑，怎麼樣訓練也訓練不了讓一隻白文鳥裝死的。我不久前才看過那樣微微闔上的眼睛，由於鳥的眼瞼只有薄薄一片，你可以感覺到那個眼珠已經毫無生命氣息，離開了，死了，有些什麼東西從牠的身體裡頭飛走了。不過不知道為什麼，你會直覺眼前的這隻文鳥和剛剛那隻應該還是同一隻，只是此刻變成了一隻老文鳥，牠是老死的，不是猝死或是什麼的。我就是有那樣的感覺。三十幾年過去了，到現在回想起來，我都還是有那樣的感覺。

算命師禁不住要伸手奪回鳥籠，他不但伸出手，還一邊咒罵著魔術師，把他的鳥弄死了。魔術師急急用右手擋住他，另一手再次把黑布蓋上，然後大喝一聲，就好像要驚醒什麼似地喝阻算命師。他為了擋住算命師，把整個背都擋在前面，以致於我們沒辦法看到整個過程，去你媽的算命師，滾開，觀眾大叫。黑布再次掀開，就彷彿影片倒帶了一樣，文鳥又活蹦亂跳地站在籠子裡的竹條上，側著頭看著圍觀的人群，那眼神就跟幾分鐘前一模一樣，就好像什麼事也沒發生過似的。

「你動手的話，鳥就回不來了。」魔術師生氣地用沙啞的聲音對算命師說，算命師覺得自己做錯了事，又覺得自己沒做錯什麼。

「為什麼呢？」我鼓起勇氣插嘴。

魔術師用他的右眼瞪著我。「因為那是在魔術時間裡頭啊，魔術開始進行的時候，這個籠子附近的時間會變得跟我們站的這個天橋上的時間不同，一旦有人用身體的任何一部分打擾了這個時間，鳥就回不來了。」魔術師說：「留在那個時間裡，回不來了。」

聽說那個魔術只變了那麼一次。那是一九七九年的時候，你問我為什麼記得那麼清楚？因為那年郵局發行了一張紀念羅蘭希爾（Roland Hill）的郵票，羅蘭希爾就是郵票的發明人。一開始的時候，信的傳遞都是用重量、紙的張數跟路程的遠近來計費的，但寄信非常昂貴，變成好像有錢人才能夠寫信給遠方的人，窮人只能思念遠方的人，捨不得寄信。羅蘭希爾只是個小學校長，對郵政很有看法，他寫了一本叫做《郵政改革》的書，主張在英國境內，不超過半盎司的信件，應該收費在一辨士內就行了。羅蘭希爾的意見提出來以後，在民間大受歡迎，官方單位也注意到了，英國的財政部因此還懸賞二百英鎊獎金來徵稿。據說當時一共收到兩千六百件之多，但經過評審，卻沒有半件入選。當時羅蘭希爾也是評審之一，他從初審四十九幅合格的設計圖中，做出一幅樣本，結果獲得其他人的贊成，成為第一張郵票。不知道羅蘭希爾有沒有領那兩百英磅的獎金？聽起來好像有作弊的嫌疑是嗎？不管如何，因為他的關係，這世界才開始在信封上，貼上那小小的、傳遞到遙遠地方的小紙片。

而就在那年，離開我媽八年的我爸，寄回來一封長信。我看到我媽唸完信以後，眼睛就像石頭一樣，她把裡頭的一張紙填完了以後，換了個信封，用舌頭舔了上頭印有羅蘭希爾的郵票貼上，又再把信寄了出去。我爸在我出生前就離開這個家了，我從來沒有看過他，只有一回，我在我媽的一本集郵冊裡頭，看過一張我懷疑過是不是我爸的照片。那張照片的邊緣剪成花邊，就彷彿是一張郵票。

你用舌頭舔過郵票嗎？我以前也都用舌頭舔郵票，鹹鹹的，滑滑的，好像舌頭把一些話語黏在郵票背後。

那時候我多麼想當魔術師的助手，美麗的女助手。我真的問過他，但魔術師說他的魔術不需要助手。「我一向都是一個人表演，以後也是。要助手的魔術師不是一流的魔術師。」

雖然當不成魔術師的助手，但是無論如何，我都要養文鳥。我也要從雛鳥開始養文鳥，等牠長大以後教牠抽籤，養到牠生蛋，蛋又孵出雛鳥，然後再把雛鳥養大，再教文鳥的小孩抽籤……。這樣我就可以一次幫十個人算命了。

我和我哥打聽了很久，才知道萬華桂林路那邊有一家鳥園，會賣白文鳥的雛鳥。隔年我和我哥拿了過年的紅包，騙我媽去上廁所，然後就跟著你哥，一路跑到桂林路的鳥園，買了兩隻雛鳥，一隻白文鳥一隻黑文鳥。

我媽當然又把我們揍了一頓，但不久她就心軟了。因為之前那個竹籠已經被老鼠咬斷了好幾根，所以這次她買了一個小鐵籠給我們。我們的眼淚，換到一個新的鐵籠子。

我們聽鳥店老闆的話，先把小米泡半天水，用厚紙板折成小凹匙，餵雛鳥吃東西。牠們一看到我們靠近就把嘴張得奇大無比，聒噪地叫著。雛鳥吃飽了以後，會在脖子的地方突出一塊，後來我知道那叫做嗉囊，牠們把食物存在那裡，慢慢消化。養小鳥的時候我總是把牠們脖子附近的毛吹開，檢查看牠有沒有吃飽。鳥一天一天的長大，終於換了第一次的羽，黑文鳥變成帥氣的一隻鳥，白文鳥的眼神總是水水的有點憂鬱，牠看著我的眼睛的時候，好像有什麼話想說給我知道。

我們把白文鳥取名叫小白，黑文鳥取名字叫小黑。那時候我就聽說白文鳥跟黑文鳥都是文鳥，如果交配生下的小鳥有的是白文鳥，有的是黑文鳥，還有一些可能會變成灰文鳥。我開始在腦中出現了家裡飛滿不同顏色文鳥的場景。只是有一天你哥來我家，說要幫我們檢查文鳥是公的還是母的，他把牠們抓起來，用嘴巴把鳥屁股附近的毛吹開。

「兩隻都是公的。」你哥說。

「你怎麼知道？」

「母鳥的屁股比較紅。」我不相信你哥，我認為小黑是公的，小白是母的，這事看眼神就知道了。

養了小白和小黑以後，我和我哥每天在晚上，輪流把鳥籠從外面收到裡面來。不過我媽有點生氣，因為蟑螂都一併地帶進來了。我哥只好更加努力踩蟑螂，我也為了小鳥而鼓起勇氣對付牠們，當然蟑螂也更加努力生養小蟑螂來對抗我們的拖鞋。有的時候，我看著蟑螂的屍體都快吐了，牠們被踩得扁扁的，但是腳還是會動，好像努力要從死亡的狀況爬出來似的。

我們會偷偷把蟑螂的屍體都丟到樓上算命師小通天他家的垃圾桶裡，因為覺得家裡的垃圾桶有那麼多蟑螂的屍體實在很噁心。有一次我看到裡面有一副撲克牌，不是一般的撲克牌喔，是上頭都是外國裸女的撲克牌。其中紅心A的那張，是一個紅髮的女孩，她用擦了紅色指甲油的手指，把她的下面撥開，那裡就像某種形狀奇怪的花朵一樣。我看了臉頰都燒了起來。

有一天早上醒來的時候我沒有聽見鳥叫，有種不祥的感覺襲上心頭。我從閣樓衝下來，到鳥籠前面一看，小黑的頭跟脖子都不見了，只剩下下半段，小白的身體跟腳都不見了，只剩下上半段。剩下一半的文鳥，裡頭都是空空的，就好像被清理得很乾淨，可以套在手指頭上面的橡皮玩具一樣，內臟跟血跡都沒有留下來。

我記得當時我大叫一聲，可能整個商場的人都被我叫醒了。我穿上拖鞋，跺跺跺跺地往樓梯跑，一路跑到一樓你家門口，敲你們家的鐵門。我還記得你睡眼惺忪地開了門，說再等五分鐘就好了。我一直大叫來不及了來不及了。我跟你借了你爸用來黏鞋底的超級強力膠，跺跺跺跺地再跑回三樓，喘到快要暈過去了。我用最喜歡的那隻小天使鉛筆把強力膠罐撬開，用斷筆醮了一大坨的強力膠，塗在小白和小黑剩下的那半邊身體的邊緣，有的地方因為塗得太多，因此沾在牠們的羽毛上，變得黃黃黑黑的。我想把兩隻鳥黏起來。

「沒有用的啦，沒有用的啦。」我哥哥在旁邊哭著說。

我記得你跟我說過，你媽媽曾經在你偷吃方糖的時候說，要把你的手剁掉。你說把手剁掉還會再長出來嗎？你媽說不會，但是可以用強力膠黏上去。你問說是真的嗎？你媽說你爸修鞋用的強力膠什麼都可以黏，鞋底不是就黏得好好的？小心不要再泡到水就好了。

我還記得你說過，用強力膠的時候，不要馬上黏，要先等強力膠乾一點，再緊緊地把兩邊壓緊，過幾分鐘以後就會黏住了。你說你爸說，強力膠什麼都可以黏。我記住了。

那時候我邊塗強力膠邊用嘴巴吹，剩下半邊的鳥的身體慢慢發出一種奇怪的味道，就好像那個味道讓牠眼睛不再睜開，而我要把它吹散似的。幾分鐘以後，我把兩隻鳥的身體黏在一起，用小蘭姊送的像天空一樣顏色的藍色手帕蓋住牠。我記得魔術師有一次跟我們講的，變魔術的時候什麼都不能想，只能想自己希望變出來的東西，想像那些東西是真的，忘掉世界上一切的東西，想像你心底看到的景象是真的。我閉上眼睛，想像手帕下面是一隻活的鳥，是我的小白，是我的小黑，那裡的時間正在慢慢轉變，正在回到某一刻。

我掀起手帕。

一切都沒變。雖然小白跟小黑的身體接在一起了，但小白的眼睛還是微微閉著，沒有用牠憂愁的眼睛看著我，牠們死了，離開了，任何魔術都變不回來了。然後像下雨一樣，我的眼淚掉了下來。滴滴滴滴地掉了下來，掉在小白跟小黑的羽毛上。

就在那一刻，我的手微微感到一點震動。就像漫長的冬天裡有一天突然溫暖起來，原本葉子都已經落盡的樹，誤以為季節就要轉變了，而冒出一兩枚新芽那樣的震動，我看到小黑的腳微微地蜷曲了一下，然後小白的眼瞼緩緩地張開了一點點，裡頭像嬰兒一樣的眼珠發出星星一樣的亮光。我的嘴唇動了一下，我哥哥就站在我旁邊，瞪大了眼睛，像夢遊一樣伸出手來，碰了小白跟小黑一下，突然之間，小白的眼睛從星星又再次變成玻璃，然後又再變成木頭，強力膠像是突然失效了似的，小白跟小黑倏然分開，又各自恢復成一半的模樣。有什麼東西離開了，不回頭了。

後來你哥告訴我，那回殺死小黑跟小白的應該不是老鼠，而是貓，只有貓才會把內臟都吃掉，還把血都舔乾淨。商場到處都有貓，牠們在女兒牆上和招牌縫間走來走去，牠們在天台上的霓虹招牌，廁所的工具間裡生下小貓。小貓軟綿綿地疊在一起，那時的小貓還不會殺鳥，只是對鳥充滿遊戲般的好奇。然後有一天貓會殺鳥了，但我不怪貓，貓生下來，就應該會殺鳥的。

我唯一懊惱的事是，如果那時候我像魔術師阻止算命師一樣阻止我哥就好了，如果我阻止我哥摸牠就好了，或許一切就真的能停留在那個魔術時間裡，安安靜靜，不被驚擾。天

唐先生的西裝店

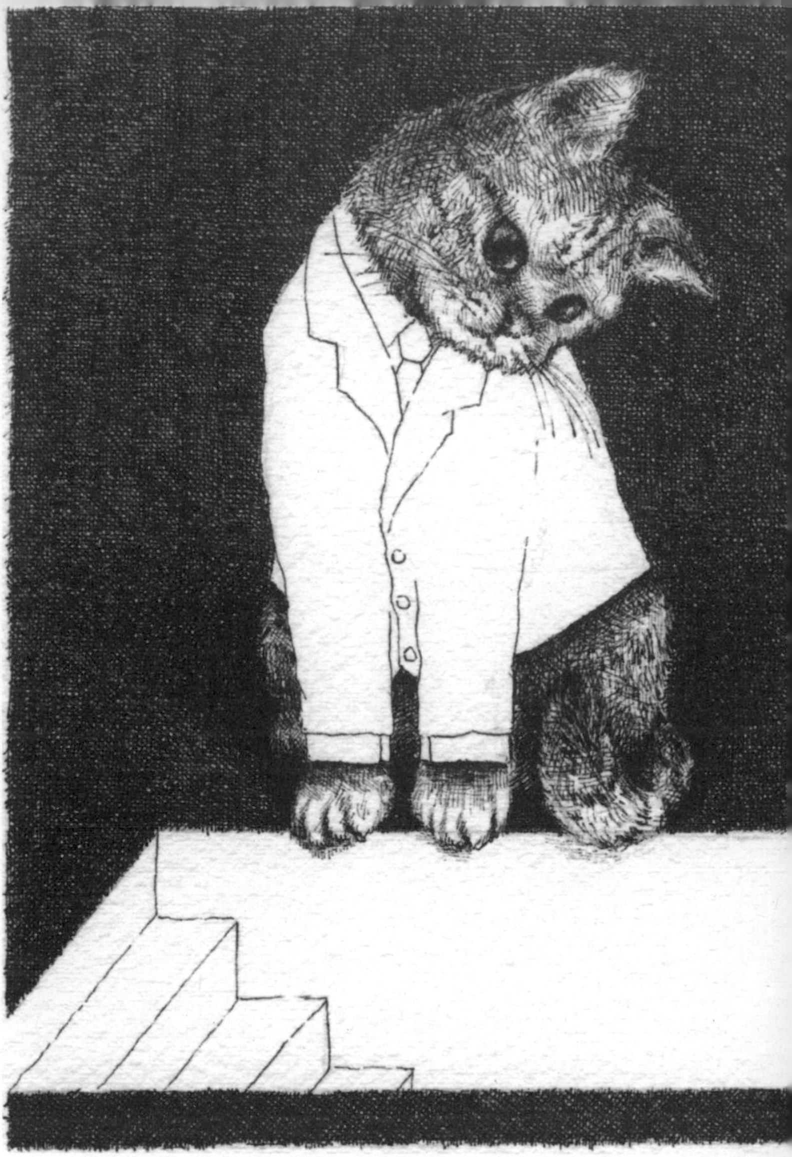

唐先生的西裝店

三個多月前我哥的店裡面闖進了一隻貓。

由於我家的服飾店位於人來人往的夜市，誤闖進熱鬧店裡的貓被客人驚嚇到，四處躲竄，突然之間向上一縱，跳上了大型冷氣機。緊張的貓瞥見冷氣風管與天花板之間有一處縫隙，便一股腦地鑽進去。

由於夜市裡的店都開到凌晨一點，連續幾天我哥皆不見貓蹤。哥於是清晨六、七點送小孩上學時，刻意將鐵門開一小縫，看貓會不會因此自行脫身。但貓似乎驚嚇過度，不曾再出現。我哥放了飼料跟水在冷氣機上，確認了貓仍然在天花板的某處。一天客人發現天花板上的冷氣口滴水下來，原來是貓尿。我哥遂又放上貓砂，很幸運地，貓似乎很快學會了使用貓砂。我說這在動物行為學上，說明了牠心懷戒懼，不想暴露行蹤，才會盡可能掩埋氣味。

隨著時間過去，貓開始會出現在冷氣附近謹慎取食，聽到飼料盒與我哥的聲音會猶豫現身。貓對人的信任度極低，一隻眼睛似乎感染而時開時閉，身上也帶有大量跳蚤。我哥告知獸醫貓的症狀，試著以食物安撫牠，再偷偷在牠身上點藥。

這幾個月以來，我若得閒到哥的店裡，第一句話通常是：「貓還好嗎？」聽說貓晚上會下來店裡走，我哥因此為牠在牆上釘了階梯狀的跳台，放了牠可以躺的板子，甚至貼上貓抓紙板讓牠舒壓。怕從凌晨一點到下午三點間這麼長的休店時間飲食不夠，哥在店裡數個地方放上飼料，一面也想引牠到店門口。他一樣清晨起床將店開道小縫，看貓是否會選擇外面的世界離去。

但貓選擇了店裡的天花板住了下來，牠的眼睛和跳蚤漸漸痊癒，毛色閃閃發亮，就彷彿是一隻有人照顧的小公貓。不過牠仍然只相信我哥、我媽跟一兩位店員，開始會坐在跳台上偷窺店裡的動靜。但一旦有客人借廁所，貓就毫無猶豫地回到天花板裡。媽說坐在櫃檯吃飯時，貓有時候會探頭發出聲音表示對豆干或煎魚感興趣。櫃檯和放冷氣主機的地方隔著一個百葉木門，貓從那門的縫隙看著她。我問媽和哥有沒有替牠取個名字，我媽說有啊，叫「貓咪呀」。漸漸地「貓咪呀」會睡在冷氣風管的斜面上，有時則坐在高高的位置上，看著店員忙進忙出。牠從來不曾在店還亮著燈的時候走下來，但牠願意看著這個店的活動。

「貓咪呀」也只相信我哥跟媽，還有少數一兩位店員搖飼料的聲音。連我哥的小孩皆稱我和哥的聲音在電話裡幾乎難辨，但幾周前我哥和嫂嫂去法國比利時旅行，我回夜市顧店，學著他們搖飼料盒叫「貓咪呀」，貓卻始終沒有出來。

貓不知道為什麼，知道我哥不在店裡，而且牠分得出來我跟我哥聲音的差別。牠一天僅短暫露臉兩次吃飼料，隨即一臉無奈地鑽回天花板。店員說牠變得好憂鬱，彷彿以為那個允許牠住在天花板的男人像情人般一去不返。我搖著飼料桶學著我哥喊「貓咪呀」，但「貓咪呀」或許在天花板的某處，睜著牠潮濕的眼，就是不出現。

我哥回國那天第一件事就是拿著飼料桶喊「貓咪呀」。「貓咪呀」從天花板鑽出一個頭來，然後試探性地回應了一聲。我哥說「貓咪呀睡飽了嗎你呀」，「貓咪呀」出來坐在冷氣口旁邊，再用放鬆了的，歎息般的聲音回應了一聲，我哥說「貓咪呀餓了對吧你呀」。牠記得我哥的聲音，即使那聲音曾經離開十天。

我哥的店裡來了一隻極度怕人的貓，不知道為什麼每天他留下一道門縫牠就是不再離開，卻也不願讓自己變成會撒嬌，能讓人碰觸的貓。一旦舉手要摸牠的時候，牠就回去天花板。彷彿黑暗的天花板裡也有一個太陽，有一座貓的城市，有牠要看守的物事。

我哥不再認為「貓咪呀」會離開，牠住在他店裡的天花板，已經快四個月。我們都想像一年後「貓咪呀」會願意走下來，但此刻牠仍是一隻住在天花板上的貓。

我有時會想，自從大學畢業和家人分開生活以後，我變得很少跟哥聊天，大概是因為哥繼承了家裡賣牛仔褲的生意，而我則在一家律師事務所任職，彼此的生活相差太多的原因吧。也許是因為哥成家了，而我一直還沒有成家的關係。童年時我跟哥是十分親近的，他讀過的書我才有興趣讀，什麼倪匡科幻啦、溫瑞安啦、古龍啦……我們度過了很長一段共享祕密的時光。「貓咪呀」意外成了我跟哥的新話題，毫無疑問，我們都知道彼此都想到了三十年前那件往事。

我們是什麼時候認識的呢？應該是你七歲，我六歲的時候吧？因為我家在我六歲的時候才搬到商場。雖然當時不算熟，但我記得你，我們家之間隔了個天橋。你住愛棟，對吧？

我爸原本在賊仔市轉賣二手電器，後來朋友介紹，到商場租了個店面賣舊書。為什麼是從賣舊電器變成賣舊書這種沒什麼利潤的生意呢？我媽說她完全不了解，這是我爸單方面決定的，大概是商場的店鋪實在太小了，而當時他又恰好有機會拿到一批免費的舊書。不過她回憶當時賣舊書竟然也有過幾年生意不錯的時間，替後來轉做牛仔褲生意打了底。

你一定記得我家那間舊書店吧？大人得側著身子才進得去，因為小小四坪的空間，幾乎都塞滿了書。書一直疊到天花板上去。

我記得那時候賣得最多的是雜誌、武俠小說、漫畫、棋譜、教科書和英文書，和爸藏在一堆書裡的Penthouse、Playboy或香港的「龍虎豹」。每年開學的時候生意最好，因為那時候的教科書要好幾年才換一個版本，家境比較不好的學生都會到舊書攤買教科書。有的時候我在幫爸整理書的時候，會看到書的前主人在書裡的各種留字、圖畫或書籤，比方說我看過一本書上，前主人寫著「能耐天磨是好漢，不遭人忌是庸人」，坦白說蠢斃了。有的讀者喜歡在奇怪的句子上畫線，作為另外一個讀者，我常常怎麼樣也想不通為什麼那行字需要被畫上線。有時候書裡夾的東西是你難以想像到的，有一回我打開看起來就知道很久沒被翻開過的《飄》之類的書的時候，被壓成薄薄一片的蟑螂就這樣飄了下來。

我爸並不太愛看書，至少在我的有生之年，我很少看他真的看完一本書。他通常翻幾頁確認書的新舊、價錢，裡頭有沒有畫線、寫字之類的，稍微考慮一下，就把書翻到最後一頁，寫上定價。書的定價很不一樣，也不是固定照原本定價去打折的，完全取決於我爸的決定。

因為沒有冷氣，夏天在店裡的他總是穿著汗衫，胖胖的身體會把衣服浸得透明透明，連乳頭都看得見。他完全沒有按照某種規則排列書的習慣，往往新來的書就這樣隨手一扔，然後就靠在牆邊睡著了。

我們家的隔壁就是唐先生的西裝店。你還記得唐先生的西裝店吧？那個瘦瘦高高的唐先生開的西裝店，不過你家跟我家不同棟，所以可能不是那麼清楚。那時候的商場，小孩子住在不同棟就屬於不同的集團。我們這棟的小孩流行玩一種遊戲，一種用布料上的小塑膠牌創造出來的遊戲。

唐先生的店裡擺了很多顏色的西服布料對吧？布成捆成捆的，排隊站直了堆在一旁。每捆布料都會有一個小小的塑膠牌，標明是哪個牌子的布，簡單地說，就是商標之類的東西。每個牌子的塑膠牌長得都不同，除了圖案以外有的還有英文字。那時候我們那棟的小朋友都喜歡蒐集那個牌子，放學回家時，都會繞到唐先生西裝店裡面，跟唐先生要新的塑膠牌。不過要拆新的布料才會有新的塑膠牌，一旦自己要到的牌子跟別人不一樣，我們就樂得不得了，好像蒐集到了什麼奇珍異寶。我們把那個當成一種遊戲來玩，規則設計得跟兵棋有點像，越罕見的牌子，就當成王牌。我還記得「勤益羊毛」的圖案，就像三坨捲曲的羊毛球。

我家因為就在唐先生家旁邊，唐先生又很喜歡我跟我哥，所以我們總能弄到很少見的塑膠牌。你還記得有一次我拿到一個整個燙金，浮雕著外國人人頭的塑膠牌嗎？大家都好想要喔。

嗯，是啊，過了那麼久，還記得一清二楚。不過那到底是什麼牌子的布料呢？

後來想想，唐先生的客人好像和一般會來商場的客人並不一樣。他們本來就穿著西裝，有的旁邊還有人幫忙提公事包，是我們很少見到的，像是電視上走出來的人。唐先生的西裝店是我們那棟唯一不做高中生制服生意的，對吧？他的店甚至還有「門」！雖然只是一扇有著毛玻璃的木門，但商場哪家店會做個沒有用的門來擋客人呢？也因為有那扇門，唐先生有開店沒開店，還得敲了門才知道。

唐先生有時候會來我家買書，他仔細地翻過我們家每一個可能放書的地方，然後挑出他想要的書。他買的很多都是英文書，只是當時我完全無法記得那些書名，因為那時候我連字母都不會拼。但唐先生會讀英文書對我來說真是不可思議的事，我想商場除了哥倫比亞唱片行的老闆以外沒有一個會讀英文的吧。他買回去的書放在靠浴室那邊的一個自己釘的書架上，我去唐先生的西裝店的時候，突然覺得那些書變得閃閃發亮，好像變成另一本書一樣，跟在我家的時候完全不一樣。

那些英文書都是我爸去「阿兜仔」的家買來的，阿兜仔通常是米國人，他們多半住在陽明山，和天母那邊。我爸說他們要離開臺灣了，就把整個房子裡的書啊、傢俱啊、衣服啊，統統賣掉，有不少收舊貨的人很愛收阿兜仔的舊貨。我爸就是這樣收到那些英文書的。有的時候人死了留下一大堆書，我爸說那樣的書收起來特別便宜，因為家裡的人會願意賣書，都是怕留著看了傷感，就想不了那麼多了。

我並沒有真的看過唐先生讀那些英文書，因為大多數的時候，唐先生家的門都是關起來的，沒有人真正看過唐先生看書，甚至沒有人真正看過唐先生做西裝。那些西裝像是什麼人幫他做好了以後，燙得筆直到沒有一絲皺褶，掛在結實的衣架上，上頭再套上薄薄的、透明的塑膠套。然後等那個什麼人來取走。

我那時候想，長大以後，也要請唐先生幫我做一套西裝。

有一回我們玩捉迷藏，我哥當鬼，正不知道哪裡可躲的時候，我發現唐先生西裝店的門竟然沒有上鎖，就推開門進去。唐先生不在，可能是去上廁所或什麼的吧。我挪開幾捆布，躲在工作檯對面那堆布料裡面，透著布料跟布料的一道縫看著外面的動靜。在商場玩捉迷藏鬼很辛苦，因為每間店可以藏身的地方不一樣，我們那時候對每間店都瞭若指掌，所以很難被捉到，我們常常一玩就是一下午。

門關上以後，唐先生的西裝店裡變得非常安靜，就好像關上的並不是門，而是其他的什麼，外面的聲音「啪」一聲被完全隔絕了。不知道過了多久，也許是太舒服了，我竟然在那個溫暖的、安靜的布的世界裡睡著了。

在介於夢跟清醒的界線之間，我迷迷糊糊地看見唐先生站在他的裁縫機旁邊那張桌子前面。正在猶豫是否應該出來的時候，看到那桌子上竟然坐著一隻貓。後來我問過所有的小朋友，沒有人知道唐先生家有貓的。那是一隻長毛的白貓，身上幾乎沒有任何雜色的白貓，貓就像一張白的影子坐在桌上，看著唐先生用扁扁的，像彈吉他用的Pick那樣形狀的粉餅在布版上畫著線。有時候唐先生會停下手，看著貓，貓也看著他，就好像彼此用眼神在詢問對方什麼事似的。然後唐先生突然開口問貓：「你覺得怎麼樣？」我的心頭突地一跳，全身緊繃，因為貓看起來真像一副想要回答的表情。

貓真的回答了。

當然沒有。牠只是喵了一聲，用綠綠的眼睛看著唐先生，側面看去的嘴巴彷彿在微笑。唐先生滿意地笑了一笑，繼續畫版型。確認幾次以後，唐先生拿起剪刀快速地把布順著版型剪開。那是我第一次看唐先生用剪刀，直到現在，我都還不知道該用什麼樣的語言來形容我看到的景象，我從來沒有看過人使用剪刀那麼順暢，優美而有韻味的，再也沒有了。

那年我七歲，唐先生不知道幾歲，我問過我爸，他說應該大概六十幾歲了吧，聽說他三十幾歲從大陸搭船逃到臺灣，算算這個年紀差不多。但唐先生舉起剪刀的那一刻（真的是「舉」起剪刀，因為他把剪刀拿到耳畔左右的高度，就好像要聽剪刀講什麼話似的），身影簡直就像二十幾歲的年輕人一般俐落。那動作就像身體要唱起歌來一樣，而我也真的彷彿聽見了什麼音樂似的。但什麼音樂都沒有，唐先生的西裝店裡只有剪刀剪開布的聲音，纖維被劃開的聲音，而那個像白色影子一樣的白貓並沒有再開口，只是看著唐先生的動作。很快地一塊塊布料變成衣領、暗口袋、衣袖、皺褶的雛型，好像有什麼事正在發生，什麼事正在被建立。一切裁剪就緒後，唐先生坐在他的裁縫機上，開始踩起踏板，組合起布料，就好像鋼琴家坐在巨大的演奏鋼琴前的畫面一樣。那時我當然沒看過什麼演奏鋼琴，但我家有賣琴譜，我看過那種鋼琴，說起來，在我們還沒有真的認識世界的年紀，書裡就什麼都有了。

針頭跳上跳下，然後一件衣服襯裡的形狀就漸漸出現了。唐先生把那個還沒有完全完成的衣服拿了起來，在自己身上比了一下，然後又轉頭對貓咪說：「你覺得怎麼樣？」

貓咪又回應似地喵了一下，牠的肚皮微微收縮，你知道聲音是從那邊傳出來的。是哪一篇小說說過？所有的愛都有起點，即使那個起點像火柴的前端那樣脆弱而微小。你知道，當你吻一個愛你的女孩跟吻一個不愛你的女孩，最大的不同是什麼嗎？我認為在吻一個愛你的女孩的時候，她的小腹會微微震動，從那裡發出一聲歎息。

現在想想，那時候貓真的完全專注在唐先生做西裝這件事上，就彷彿時間凝結了一樣。不知道為什麼，某一刻牠突然發現房子裡有哪裡不同，於是便轉過頭來看著我的藏身之處。透過布的縫隙，貓綠色的眼和我的眼對上了，那眼神裡的驚恐至今我還記得。貓尖叫了一聲後瞬間跳上書櫃，然後朝著書櫃跟天花板上的縫隙鑽了進去，一下子就不見了。

唐先生自然也朝我這邊看，他移開布，發現了我。他說你怎麼會在這裡？我尷尬地笑了一下，說：對不起，我躲捉迷藏，門沒鎖就躲進來了。

唐先生沒有生氣，他只是說怕我爸擔心，趕緊回去吧。我問他剛剛那貓是你養的嗎？他說是，但也不是，一年前貓自己跑進來，從此以後就住在天花板裡，再也沒有出去了。他說，這貓咪怕生，要我別跟其他小朋友說他家裡天花板上有隻貓咪。

我跟唐先生道了歉也道了謝，出去那扇小小的木門的時候，天色竟然已經黑了。我家空無一人，因為全部出動去找我了。那天晚上我爸揍了我一頓，是我生平被揍得最慘的一次。

不過那天晚上我還是告訴了我哥，唐先生的西裝店裡有一隻白色的貓，住在天花板上。從此這便成了我哥和我，還有唐先生共同的祕密。貓平時並不會下來，牠在天花板的某處眠夢。比較特別的是，唐先生說除了吃飯以外，只要他一動剪刀貓就會下來，貓似乎喜歡看他使用剪刀的動作，和縫紉機的聲音。不過唐先生說一天裡面有很長的時間只是坐在工作檯前面看書，他說很高興跟我們做鄰居，買書很方便，我爸有時候還會幫他跟書局訂新的書。我問唐先生你怎麼會讀英文？唐先生沒有正面回答，只說是年輕時候有人教的。我們問唐先生貓咪叫什麼名字？唐先生說，貓咪就叫「貓咪呀」。我發現唐先生的西裝店就只有唐先生一個人，沒有唐太太也沒有唐小孩的痕跡，連一張照片都沒有。他只有一個書架的書，和一隻在天花板上的貓。這貓還是這一年才來的呢。

唐先生偶爾會到第一家陽春麵店買雞腿，他用剪刀把雞腿剪成一條一條的雞腿絲拌飯餵貓咪，這比我吃得還好，所以我有時候會偷偷捏幾條雞腿絲塞到嘴裡。貓咪知道唐先生在剪雞腿絲，就會從天花板的縫隙探出頭來，像一道謎題一樣出現。貓逐漸習慣我們兄弟倆的存在，放鬆了警戒。牠不像被寵壞的懶洋洋的寵物，也不像偶爾因為緊張而忘記優雅的流浪貓，牠就是睜著迷魂似的綠色雙眼，蹲坐著盯著唐先生。而唐先生為了怕貓的毛沾滿他的布料，也特地用一塊一看就知道是上等的布，替牠鋪了一個特別的觀眾席。

唐先生看貓的眼神，跟平常的唐先生完全不一樣。我和哥都曾經在冬天的夜半醒來，看過母親以那樣的眼神為我們塞被窩。

就這樣，直到某一天唐先生急急地跑到我家跟我們兩個人說，貓咪不見了。住在天花板上的貓，幾乎鮮少開門的唐先生的西裝店，不知道在什麼時候，貓咪離開了。多數鄰居第一次聽說唐先生家有貓，多半這樣推測著。但唐先生不認為貓咪會離開，牠一定在天花板的某處，發生了什麼事。

我跟哥知道唐先生跟貓的感情，也不認為貓就會突然這樣離開。但是貓如果還在天花板，就不能說是「不見了」，只是「暫時找不到」。所以我和哥商量以後，決定暫時不理會唐先生的固執講法，由我和我哥哥將商場的孩子組織起來，分頭去找貓，這樣一來，就等於公布了唐先生家裡有一隻貓的祕密。我哥宣布了這次的任務，叮嚀特別是像天台的廣告看板，和二樓延伸出去的招牌那些人比較少走，而貓卻特別喜歡的地方，一定要徹底搜索。我請唐先生再去買了雞腿，剪成雞肉絲放在家門口，並且建議他把門打開。不過唐先生不同意把門打開，他認為貓如果還在屋子裡的某處，萬一把門打開貓卻跑出去了不就糟了？

不過唐先生再怎麼努力用剪刀發出聲響，踩著針車，貓就是沒有從天花板探頭出來。唐先生因此漸漸心浮氣躁，我聽出那個剪刀的音樂已經和本來完全不一樣了。這樣即使貓聽到了可能還是不會出來。

尋貓的工作一直到了晚上九點，這是商場孩子通常會被叫回去睡覺的時間。而我和我哥則乖乖回去，假寐了一段時間以後，凌晨趁我爸媽睡熟，又偷偷地溜了出來，繼續幫唐先生找貓。我不知道你的想法，不過我想如果要認識商場的話，一定要經歷、眼見過寂靜的、空無一人的商場。那時候所有的商店都已經關閉，商場會顯露出某種本質性的風景。兩頭都發黑的日光燈，漆不均勻的藍色鐵門，掛在外頭曬的衣服，滿地的菸蒂，城市晚上的涼風……。我和哥走在這樣的商場裡，學著「貓咪呀」特殊的叫聲，希望牠的白色身影，能從哪一個黑暗的角落走出來。

我們以第五棟為圓心，繞了商場一圈回到家，在走天橋的時候，不知不覺兩個人竟牽起手來，默默地分享著彼此的恐懼。因為在黑暗中，我和哥都覺得有什麼人在哪裡看著我們。我們牽著彼此手心發汗的手，才能抵抗那個什麼。

回到唐先生的西裝店門口的時候，我們發現木門上的毛玻璃還透著暖暖的黃光。唐先生還在用剪刀呼喚「貓咪呀」，還是在做西裝？不，聲音完全不同，那比較像是鈍器正敲擊著木頭的聲音，我和哥互望了一眼，覺得心底有點害怕，就趕緊打開我們家的鐵門回被窩睡著了。

隔天早上上學的時間到的時候，我跟哥都疲累不堪。吃完早餐走出家門，卻發現好多人聚在唐先生的西裝店前面。小木門被拆下來放在一旁，仔細一看，店裡的天花板也不見了，一塊一塊板子都被敲了下來，剩下骨架。令人驚訝的是，連木板隔間都被敲掉了。毫不誇張，唐先生的西裝店除了工作檯、縫紉機、那一捆一捆的布以外，能夠藏匿微小物事的空間都一一被瓦解。不過書架和書架上的書還在那裡，整整齊齊排成一排，只是如此一來，那排書反而變成很難理解的存在了。幾件做好的西裝掛在牆上，我認得其中一套鼠灰色西裝，是唐先生說要做給自己穿的。「我走的時候穿。」唐先生說。

瘦得像沒辦法穿上任何西裝的唐先生坐在工作檯前，看起來累壞了，整個人看起來就像失去判斷力的。拿著剪刀像要演奏什麼音樂一樣，自信滿滿的唐先生，彷彿已經是四十年前夏天的事了。裁縫剪刀孤伶伶地擺在一旁，沒有貓咪看著它。

我聽著他的故事，好像坐在古早戲院的最後一排，看著畫面會閃爍跳動的電影一樣。我想著小時候是不是跟他玩過那個蒐集布料塑膠牌的遊戲？印象中我們這棟的孩子也是會蒐集那塑膠牌的，不過我一個圖案都想不出來。

「一直到商場拆了，那貓咪都沒有再回來嗎？」

「嗯，沒有再回來。」他說。「然後，唐先生隔年就死了。」這個我們童年時叫他「臭乳呆」，現在叫Ray的我的童年伙伴，我從他身上看到自己身體也在衰老的樣子。

「不過很高興有機會能把這件事講出來，我一直覺得，這件事裡頭有什麼給了我一些改變似的。」

「對了，唐先生留下來的東西呢？你記得後來怎麼處理嗎？」

「嗯，因為他沒有留下什麼遺囑，所以裡面的東西大部分都連同遺體火化了，我記得我爸當時幫他把書裝箱，又放了幾本他沒有讀過的，一起交給殯葬人員。」Ray稍微沉默了一下，說：「也許跟這件事不相干，不過我想講講也好，你隨便聽聽。後來我爸就外遇了，我一直不懂，一個賣舊書、肥胖，每天流汗流個不停的胖子，為什麼也有人會愛上。不過我媽真的沮喪很久。後來她把每一本書都賣掉，改賣牛仔褲。」

這部分我就不知道該怎麼評論了。我仔細回想故事裡的每一個細節，突然想起一個關鍵詞沒有出現。

「可是，你講了天花板上的貓，也講了唐先生的西裝店，卻沒有提到魔術師？你記得我一開始的時候，就說是要問你有沒有什麼關於天橋上那個魔術師的故事嗎？」

「真的耶，真的好像完全沒有提到魔術師呢。」Ray看著我說：「這樣有關係嗎？」

「沒有關係。」我用自己才聽得到的聲音說。「沒有關係。」

流光似水

流光似水

看到那整層樓各式各樣的模型的時候，我驚訝極了，就好像走進了某個奇幻的、錯置的時空，一時不知道該從何看起，從何想起。阿卡的太太卡蘿遞給我一支放大鏡，透過放大鏡，我更是說不出話來。一條像是中世紀歐洲的石板街道放在正中央的桌子上，兩旁店家儼然，街道上的馬匹、路旁的柏樹，無不逼真。街道與街道之間尚有一座橋，橋上甚至有一對散步的愛侶，說是愛侶的原因是，看似沒有接觸動作的兩個人竟然散發出一種愛侶的氛圍。這真是不可思議，明明是兩個模型人而已呀。而在那條寂靜的街道旁，完全不明所以地放著一隻展翅的，有著黃色邪惡眼珠、綠色鱗片的惡龍。我覺得我彷彿認識這隻龍，可是想不出來，龍的姿態不是威赫，而較近於詢問，並且絕對沒有要噴火出來的樣子。為什麼會有這樣感覺，我也說不上來。龍的旁邊是一間有雕刻和石柱的巴洛克風格的房屋，從小小的窗戶看進去還看得到大型桃木櫃、掛毯、仿古董傢俱，書架上甚至還擺著斯湯達爾、珍・奧斯汀、沙巴提尼、大仲馬、康拉德的書。桌上擺著一盆像是水仙的植物……那當然也是模型，不可能有那麼迷你的植物，但那葉子青綠到彷彿看得見水在裡頭流動的樣子。

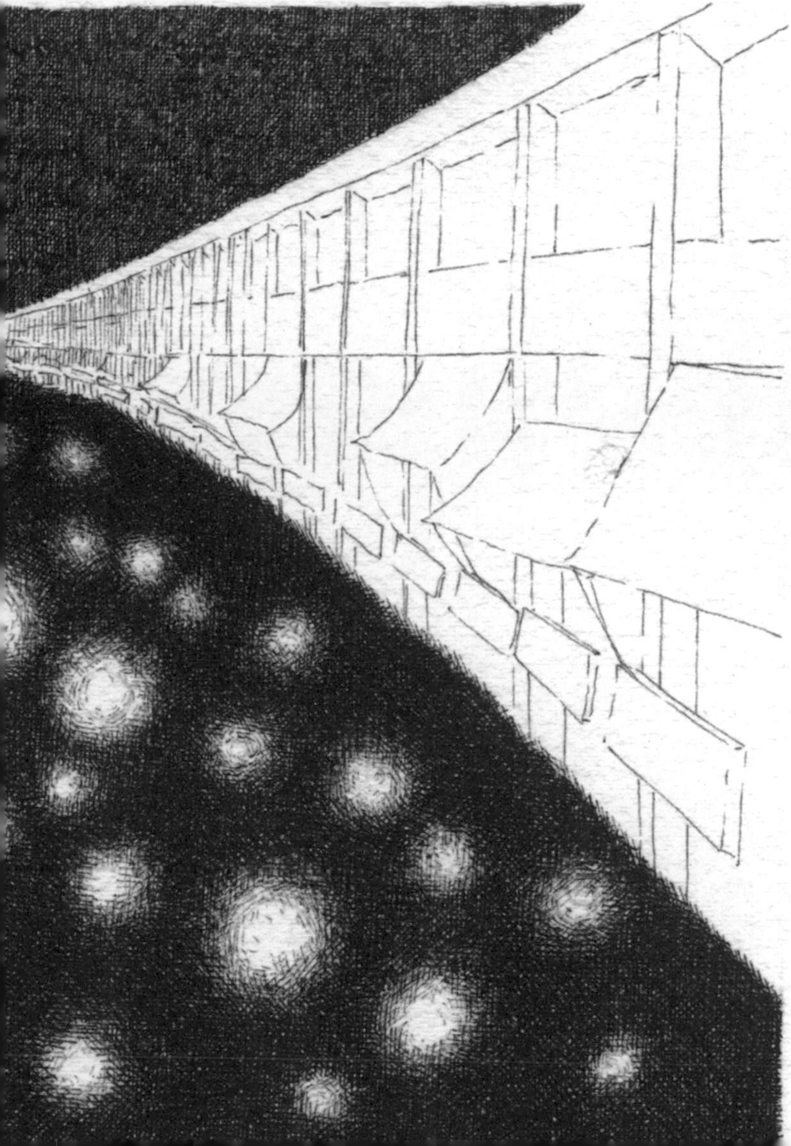

房子再過去是一個方型的水泥箱，和一旁的模型屋大概一般大小。卡蘿遞了一支像電線一樣的微攝影機給我，指示我把鏡頭伸進去。我依言將攝影鏡頭從大約零點五公分的小洞伸了進去，外面的螢幕遂顯示出裡頭的景像。彎曲蔓延的粗糙穴壁，路線卻一絲不苟。令人驚奇的是，仔細一看，就會發現洞穴的寬度幾乎一致。我動念一想，原來是個蟻巢！

個頭不高，講話習慣眼睛朝向像在看著某個地方的卡蘿，以不帶任何情緒的語調對我說：「阿卡一輩子希望的是，能複製出一個跟真實世界一樣精巧的世界。」她拿了一根像是小牙籤之類的東西，伸進剛剛我看過的那幢巴洛克風格的屋子，裡頭有一個小小的唱盤，她把唱針挑到唱盤上，竟然能夠播放出巴哈的〈音樂的奉獻〉（*Das Musikalisches Opfer*）。我心底不禁輕輕地歎息了一聲。

阿卡是我小學時候的敵人。那時候我常常被老師指定參加各種美術比賽，什麼國畫比賽啦，水彩畫比賽啦，但是有一項比賽永遠是阿卡代表參加，那就是金工比賽。說是金工比賽或許並不太準確，因為畢竟是小學生，主要的並不是製作銀器、金器那種貴金屬的物品，而是用喝完的飲料鋁罐，剪出某些造型。一般孩子多半只能剪出看起來很蠢的計程車，或者是一朵花、莫可名狀的植物之類的鬼東西。但阿卡用一罐黑松沙士，就可以輕易剪出一輛坦克；用一罐可口可樂，甚至可以剪出一輛敞篷馬車。坦白說現在回想起來，那真是不得了的天賦，他好像能夠看穿事物的表面，知道一個鋁罐展開來可以變成什麼樣子似的。我為他具有的這個才能感到嫉妒，因為我知道自己的才能只是二維的，而他的才能卻是三維的。

卡蘿到樓下煮咖啡，我趁機環顧整個房子。那是一間透天厝，一樓停了一輛March並且放置各式各樣的工具，還養了一條叫多多的白色土狗。二樓是卡蘿和阿卡的主臥和餐廳，三樓也就是我身處的這層樓，大約有四十幾坪的空間，全無隔間，只用了幾排長條桌，分別放置了各式各樣的模型。但這麼說也不準確，因為透過空間的安排和燈光的布置，這些模型比較像是一個一個的「場景」。每移動一段距離，真的會有換了一幕的感受。所以我肯定模型的擺放是經過設計的。

卡蘿把端來的咖啡放在門口附近的休息桌上，我們沉默地看著整個房間，不知道話題從何開始。我試著打破沉默說：「這個房間真是不可思議，是阿卡一生的結晶，妳有沒有想過未來可以開放它？」

卡蘿搖搖頭，她微笑的時候嘴角有很明顯的笑紋，就好像沒有悲傷過一樣。然後她開始為我講起小學畢業後，我不知道的阿卡。

阿卡告訴我，他開始製作模型是因為十一歲那年，他爸爸為慶祝買了錄影機，租了喬治・盧卡斯的《星際大戰》的緣故。他看到片子晚了四年，《星際大戰》是在一九七七年放映的，很巧的是，票房剛好就是七點七億美元。阿卡說他看過電影以後，就迷上那台「千年隼號」，那艘太空船後來被選為科幻史上最性感的十五艘太空船之一。你能想像太空船用性感來形容嗎？但阿卡說，就是性感沒錯。當時阿卡就曾經試著用鋁罐，剪出「千年隼號」。

那個時代盧卡斯拍片用的是微縮模型的技術。所謂微縮模型，就是透過逼真的縮小版模型，來拍攝那些不可思議的星戰畫面。像是在浩瀚無垠的宇宙進行的戰鬥，不過是在一個房間裡製造出來的，而宇宙船只能交給攀木蜥蜴那樣大小的駕駛來操縱。那些七彩的宇宙光線當然不用說啦，都是人造的。不過，光線的控制可是困難的學問，光線涉及模型會不會帶給觀眾擬真的錯覺。這種用微縮模型來創造擬真空間的技術，就叫做物理特效。阿卡說當時電影公司並不看好這部電影，盧卡斯因此把他的酬勞換成電影擁有權。結果幾十年下來，盧卡斯從星戰所有的遊戲、玩具和收集品的版權裡獲利數十億美元，而這都是從一個攝影棚的微縮模型開始的。他說，那個時候你可以看到盧卡斯不可思議的遠見和想像力。

利用微縮模型來拍攝這回事，二十世紀漸漸被電腦CG取代，一種藝術沒落了。不過阿卡認為，精緻的微縮模型，才能具體而微地留下記憶。他一直說數位科技只是電位訊號而已，而電位訊號是留不下什麼真正的東西的。

我不知道你是不是星戰迷，畢竟跟一些真正的科幻經典像《銀翼殺手》比起來，星戰這系列電影在內容上實在算不了什麼，甚至說膚淺也可以，就連阿卡也是這樣覺得的，他著迷的只是裡頭把宇宙微縮在一個房間裡表現的技術。

一九七五年盧卡斯為了拍攝星戰成立了「工業光魔」，Industrial Light and Magic，我想你也許聽過。這個公司後來變成微縮模型製作的頂尖代表，算是好萊塢工業吧，但阿卡認為那可是人類藝術史上的重要成就。他在舊金山念視覺藝術的時候，帶著自己創作的模型，到工業光魔爭取訓練的機會，一個擔任面試的「物理結構」部門主管路易士看上了阿卡的作品，於是讓阿卡在那個部門成為一個基層技師。我問過阿卡那個作品是什麼？他說只是一輛模仿他父親的腳踏車模型，不過後來不見了。

阿卡很喜歡跟我聊他在「工業光魔」的時光。他的訓練技師曾提醒他，作為一個微縮模型的技師，所要具備的能力只有一個。那就是具有把閉上眼睛想像出來的世界，具體實現的能力。簡單地說，就是能呈現腦中光景的能力。阿卡說，高明的技師知道房屋外牆的磁磚剝落和浴室的磁磚剝落，是截然不同的，這是因為水氣的來源與滲透速度有差異的關係。而橋墩的水泥柱裂縫往往是橫向的，建築的水泥柱裂縫則是直向的，這是因為車行過橋時除了重力造成的壓力、擠力以外，還有車速所造成的拉力，導致水泥柱受傷害時表現出不同的傷痕。而銅像的鏽斑、鋼筋的鏽斑、水管的鏽斑、鐵門的鏽斑，都是獨一無二的顏色，絕對不可以混淆。「工業光魔」的技師就在一間一間的實驗室，把現實世界裡的經驗，用漆在那些材料上反覆塗抹、試驗。他們可以用木頭做出城牆，苔蘚種出草原，透明垃圾袋改變光線來變換氣候，用威士忌偽裝成碧綠的湖泊，用填縫劑製造成冰，用棉線綁出一棵樹……。技師常常在看見自己終於重現現實世界的樣貌與色澤的時候，淚光閃閃地抬起頭來，不是望向其他技師，而彷彿是實驗室的上頭飄著一朵雲似的。你也許不相信，但這些魔術我可是親眼看我丈夫在我面前展示過的。

阿卡後來離開「工業光魔」，他說不是因為他學成了，而是他越來越受不了盧卡斯。他覺得這個大老闆已經失去從一個微小世界建立宇宙的遠見了。回臺灣以後，阿卡就替國外一些電影做模型，或在網上接受客製模型的訂購。我們就是在那時候認識的。他常常到我家來買各種尺寸的毛筆去塗裝模型，而我父親到現在都還在手工製作毛筆，在這行算是小有名氣。我曾經問阿卡為什麼喜歡用我家的毛筆？他說因為我父親做出來筆是活的，活的筆才能塗出活的顏色。後來我才知道，阿卡的父親，以前在商場的三樓，開了一間寫輓聯、春聯、祝賀人家開店或新婚的寫字店，因此他對筆有一種異常的執著。

阿卡回國的時候商場已經不在了，他常常遺憾自己沒有機會拍下商場最後的照片，導致很多記憶都隨著時間灰飛煙滅。他蒐集了幾年的資料，大概在十年前開始做這一系列的商場模型，那時候他的肺可能已經吸進太多化學塗料而產生了病變。後來他父親過世了。不用背負家裡的經濟以後，阿卡把他這些年賺的錢投資在自己身上，開始親手一磚一瓦、一間一間店鋪打算重建微型的商場。只是到他去年過世的時候，還是只完成了四棟半。所以你打電話來說要找阿卡的時候，我還以為你知道他正在做這件事，而原本我以為全世界只有我知道他在做這件事，所以真的嚇了我一大跳。

「所以現在模型在哪裡？」

「四樓。」

「我可以看嗎？」

「你不就是為了這個，才到這裡來的？」

有時候我回想那時候從阿卡家三樓走到四樓的情景，那像是有某種氣味在房子各個陰暗的角落隱隱流動，使得這幢老舊、充滿霉味的公寓似乎散發著亮光。那讓我想起商場兩側的樓梯，鴉鳥、油膩，童年時候用拖鞋啪噠啪噠走過的樓梯，盡頭可以看到天光。

直到現在我回憶起打開四樓的門的那一刻，都還能再體會一次當時那種震動的感覺，就好像自己的過往時光被縮小了，擺在眼前一樣。

由於透天厝是一幢長方型的建築，商場模型放在一列長桌上，就像真的還在的時候一樣排成一列。卡蘿解釋每一棟商場都還沒有真正完工，「因為有些店鋪，阿卡怎麼樣也想不出來正確的位置了，雖然他蒐集了目前所有可見的商場照片，也上網去徵求照片，或訪問老人家，但照片裡還是充滿死角，老人家記憶不清。所以實際上可能店鋪的位置有些調動也不一定。」

「我也記不起來了，有的時候好像確定那間店在那裡，有時候又不確定。」好像從商場被拆的那一刻開始，記憶就以較緩慢，卻是固執的方式慢慢崩解。

那四幢完成的商場實在做得太細膩了，以天橋來說，阿卡甚至把天橋地上的口香糖渣都做了進去，鋁欄杆的氧化也做得逼真異常。我拿著放大鏡湊過頭去，從「忠」瀏覽到「愛」，裡頭每一間小店鋪的位置，漸漸地和我的記憶疊合起來。模型從忠棟到愛棟做得比較完整，信棟只完成了雛型，因而愛棟和信棟之間聯結的天橋並沒有完成，只能算是未上色的「粗胚」而已。那個粗胚之上，已經有了許多粗胚的人物，我從魔術師的攤位圍觀的孩子裡面，認出了自己。

這真是不可思議，即使是透過沒有上色的模型，人還是可以認出二十幾年前的自己。我不禁深呼吸了一下。

在細細瀏覽之後，我被那個「粗胚」的信棟吸引。因為整棟粗胚的商場，有一間店面已經預先被完成了，顯然阿卡把它當成「地標」。那是在商場二樓的「真正第一家陽春麵」。那個六、七公分立方的店鋪裡頭，最外邊擺放了一張摺疊桌，上頭放了幾盤滷味。從顏色看起來就知道豆干滷得非常入味，而豬耳朵一定脆得不得了。稍稍往裡頭是一鍋滾水，一鍋滾豬骨湯，一鍋牛肉燉湯。模型當然沒有辦法做出真的熱水，但不知道為什麼，靠近一點，你會感到熱氣撲面而來，那牛肉湯的表面甚至浮著一層晶亮晶亮的油花。順著排檔往裡頭看，兩邊牆上釘了木板充當桌子，下面擺的是那種最便宜的黑色圓凳。圓凳多半邊緣的漆都被磨掉了，有的還只有三隻腳，顯見是一家老店。而最裡頭是個小小洗碗台，成堆的碗盤被擺在那裡，連油漬都沒有沖掉，木樓梯在側邊，可以從那裡走到一般大人完全沒有辦法站直身體的低矮閣樓。

我那時候最喜歡坐在閣樓靠窗的那面吃麵，因為可以看到走在騎樓的人群。閣樓牆面也都釘了條狀的桌子，擺了一樣的小圓凳，牆上貼滿微縮的，不到五公釐大小的牛肉場海報。彼時我們都坐在這樣的海報前面，吃著熱呼呼的陽春麵，抬頭的時候常常就面對海報上女子的肚臍或是雙乳，乳頭的部分通常會畫兩顆星星遮住，就彷彿是我們未可知的人生，仍然在前頭閃閃發亮似的。

我記得那家麵店老闆常常擤完鼻涕就在抹布上擦手，然後再用那塊抹布擦去碗公邊緣的湯汁，而後把拇指伸進湯裡端過來。從來沒有客人對那個表示異議過。何況整條商場，只有他們家賣的花干會終日在滾燙的牛肉湯裡燉煮因而飽含湯汁，咬下時香氣四溢，買了花干，還賺一口牛肉湯。

阿卡的技藝把這一切都召喚回來了。那小店的氣味、污穢，和油膩膩的觸感，我甚至懷疑店裡面的湯碗，也像我印象中的一樣邊緣充滿細細的缺齒。我小時候捧起碗喝湯時，常常湯汁就這樣邊喝邊從嘴角漏出來。我抬起頭看著阿卡的妻子卡蘿，她可能發現了我情緒的波動，覺得能對自己丈夫的作品有感受的我是值得信任的，說：「阿卡說，希望有人能幫他把裡面的東西補上，不是完成這套模型，而是其他的，模型沒辦法呈現的那些東西。」

我想像阿卡忘我地工作的畫面：用銳利的刻刀把黏土或紙修整成那個微型世界的樣子，接著再用細砂紙一遍一遍地磨，最後再用沾著塗料的棉花與毛筆，一點一點地仔細上色。這讓我想起阿卡小學的時候做金工專注的眼神，簡直就像手上拿的那個破鋁罐是顆鑽石似的。

我記得有一次和他被指定合作一只燈籠代表學校出賽，我們一起留在美術教室，決定用鳳凰來當做主題。他堅持鳳凰的每一根羽毛都必須是剪出來的，而我認為可以偷懶地把一張紙摺幾摺來剪，這樣一刀就可以剪出八根羽毛。我們並沒有起爭執，只是分配鳳凰身體的位置，各做各的。但是當羽毛貼到鳳凰的身上時，明眼人很清楚地知道那裡存在著某種微小，卻是決定性的差異。燈籠後來得到全國的一等獎，領獎時我羞愧地講不出話來。

卡蘿說：「阿卡只有在做模型的時候有神采，一回到現實世界，就變成一個穿廉價外套，連鬍子都刮不乾淨的人了。」我發現她的白T恤上一個微小的污點也沒有，顯然是個細心的女人，而即使阿卡走了，她一定非常傷心，卻還是活得一絲不苟。她說：「我跟阿卜在一起十五年，總覺得他好像活在一個夢遊的世界裡一樣，跟他在一起很快樂，也好辛苦。」

也許我們真的活在一個夢遊的世界裡。那天我和阿卡就是在「第一家陽春麵」吃完麵以後，跑到天台上。我們看著馬路上的車燈光流，討論著暑假就快要結束了，要怎麼面對可怕的新學期。

「有沒有可能永遠不開學呢？」

「一直有颱風來。」

「白癡，那要多少個颱風。」

「大地動。」

「大地動來連商場攏倒了了。」

「校長被車撞。」

「人家不會選一個新的校長喔。」

「白癡。」

「你啦。」

「白癡。」

「耶？我想到了。如果燈全部都熄了，大家沒辦法做生意，學校說不定就停課了。」

「說不定喔。」

「嗯，說不定。」

然後阿卡就講起了，那次他在天台上看過的「光魔秀」。

每天中午幫爸爸把字拿到天台上晾，這是阿卡的例行工作。我原本不知道，阿卡的爸爸最大宗的生意來自於寫輓聯。他爸爸說每天都有人死掉，這是天公地道的事，不過他並沒有特別希望生意變好而有更多人死掉，但至少這行是不會沒有飯吃的，因為每天都會有人死掉，有人死掉就需要輓聯。大家為了讓別人知道死去的人很可惜，一定得寫輓聯。「但坦白說沒有人死掉是可惜的，死掉就是死掉了，無論你怎麼誇獎他都是一樣。」

因為阿卡爸爸的腳不方便，阿卡中午休息的時候，得從學校走天橋回家，幫他爸爸把寫好的輓聯夾在天台上大家綁的鐵絲線上，和鄰居的衣服一起晾乾。通常是「長才未盡」、「留芳千古」、「道範長存」之類的詞，阿卡說他問過他爸爸那些詞是什麼意思，他爸爸說一半是感嘆這人太早死了，一半是肯定他活得不錯。那天黃昏放學的時候，阿卡忘了上去收輓聯，晚飯吃完才想起來，他跑上天台，發現魔術師正坐在一旁百無聊賴地看著城市的夜景。他看到阿卡上樓收輓聯，說：

「你爸寫的字？」

「嗯。」

「寫得真好，寫輓聯太可惜了，你爸是個書法家。」

「謝謝。我跟他說，他一定很高興。」

阿卡本來要走了，但他突然想起一件事，於是又繞回頭來問魔術師說：

「魔術師，魔術是真的嗎？」

「真的？坦白說，那要看你怎麼說『真的』。」魔術師說。

阿卡搖搖頭表示不懂。

「比方說，你覺得光是真的嗎？」

「你是說太陽那個光嗎？」

「對呀。」

「當然是真的啦。」

「可是你看得到光嗎？」

阿卡一時語塞，這對當時的阿卡來說，是一個太難的問題。

「光是有顏色的，只是我們一般的時候分不出來，但透過某種東西，或某些特別的時候，光的顏色就會出現。我們只是以為出現的那一刻才是真的，但顏色本來就藏在透明的光裡頭。即使是這麼簡單的一件事，人類都花了很久才確定喔。」魔術師說：「小朋友，那你覺得為什麼這個霓虹燈是紅色的？」

「不知道耶。」

「你想想，隨便猜也沒有關係。」

「會不會是裡面包了紅色的光？」

「你覺得有這種可能嗎？」

「嗯？」阿卡不確定地回答。

「肯定一點。」

「嗯。」

「大聲一點。」

「嗯！」

「那就是真的了。」

魔術師隨手拿起地上一片小石頭，轉身用力一擲打碎了那巨大霓虹廣告燈的一根小燈管，燈管啪一聲地裂開來。阿卡嚇了一跳，因為他爸常說不能隨便打壞人家的東西。但這時候像是霓虹燈細小傷口的那個地方，出現了像是煙霧狀的紅色的光。那紅色的光像活的一樣，蜿蜒扭曲，慢慢地在空中飄動，從阿卡眼前，轉了個身子飄散到商場的上空，然後漸漸散逸，又像想起什麼似地聚集起來，遲疑了一會兒才緩緩淡去。阿卡看著那一幕，彷彿目睹了什麼的誕生，一時傻了。

「所以，藍色的霓虹燈裡有藍色的光？綠色的霓虹燈裡有綠色的光？」

魔術師看著他，什麼都沒有回答。

「所以你真的看到紅色的光從霓虹燈裡跑出來？」

「真的，像蛇一樣。」

「我不信。」

「不信？試試看就知道啦。」

那時我們所在的第五棟，一端是「國際牌National」的巨大霓虹燈。非常厲害的是那個霓虹燈會先從下邊一圈一圈細細的白色往上亮，接著亮起比較寬一點的紅色區塊，在整個霓虹燈都亮了以後，會層層往下逐漸熄滅，霓虹燈於是像隱身在夜色裡。然後突然之間，全部燈光會快速地閃兩次，彷彿雷雨將至的閃電。這在當時的台北市，一定是最炫的廣告吧。

我從地上撿起一片碎磁磚，看準了紅色光亮起的時候，使勁往燈管丟過去，「波嗤」一聲，燈管確實破了一個洞，卻只是冒了些黑煙，整條燈管便熄滅了。但哪裡有紅色的光跑出來呢？阿卡一見我似乎開始有些不信了，他遂也撿起一片碎磁磚，往另一頭的燈管砸去，一樣只是冒了些黑煙而已。

我們兩個失望透了。

「一定是有什麼咒語之類的魔術師沒有說。」我們沉默地看著商場前的馬路。

「啊，有沒有可能這個霓虹燈不行？」我說。

「啊，對呀，可能不是每一個霓虹燈都行喔。」

我跟阿卡那時都是行動派的，隨即到安全島上蒐集了一些石頭，開始從第一棟的霓虹燈試起：黑白色的「鑽石墨水、鑽石鞋油」，以藍色白色為主的「精工錶」，綠色的「黑松可樂」（我沒有搞錯，就是黑松可樂），紅色的「硫克肝」，藍紫色和白色的「電光牌」，還有紅色的「和成牌HCG」……整座商場頂樓的霓虹燈被我們打得坑坑疤疤，許多燈管都不亮了，每黑了一管燈管，廣告燈座就好像掉了顆牙齒似的。但一切都只是「波嗤」一聲，冒出一點黑煙就結束了。這個結果讓阿卡覺得屈辱，他懷疑我懷疑他說的話。

「他媽的魔術師這個騙人精。」

「可能只是我們不懂魔術而已。」

「可是他說只要相信就行了啊，他又沒說要什麼咒語之類的。」

「他是這樣說的？」

「他是這樣說的。他媽的這個騙人精。」

他突然發狂似地拿起旁邊的一個磚塊，往霓虹燈砸去。我有點意外，這實在太不像平常的阿卡了。不過可能因為力氣太小或暴怒之下投不準，反而砸中了那座商場盡頭的霓虹燈底座之類的東西，突然間「砰！」一聲發出巨大的聲響，那個大型的霓虹燈瞬間整個都熄滅。由於一下子失去光線，我們反射性地閉上了眼睛，網膜上盡是白花花的流影。再睜開眼的時候，彷彿整個商場都暗了下來，就好像瞎掉了一樣。不一會兒視力漸漸恢復，阿卡和我不禁呻吟了一聲。我們看見方才我們砸破的，八幢商場頂樓放的巨型霓虹燈，紛紛流出綠色、黃色、白色、紅色、藍色、紫色的光，那流光似水，從遠方到眼前，緩緩地流到地面上，流到天橋，順著階梯而下，匯聚在馬路上，形成一條光之河，往城市的兩端而去。那樣的光我終生未能再見，直到此刻我寫下這段文字，眼睛都還無法完全睜開。

我沉溺在自己的回憶裡，好幾次都跟卡蘿沒有對上話。我感到抱歉，於是把這段往事跟她說了。

「你覺得那是真的嗎？」

「嗯，不怕妳笑，但那是我親眼所見的。」

「後來呢？」

「後來我跟阿卡趕緊逃離現場，聽說廠商損失了十幾萬呢。」

「哈哈哈，你們真是……。」

「對了，阿卡自己有沒有說過，他為什麼這麼著迷於做模型？」

卡蘿的眼光凝視著我的咖啡杯，這麼一看她的眼睛睫毛真是出奇地長：「有一回他這麼說過，我不知道算不算是一種解釋。他說，因為他處理不好真的世界。」

「原來如此。」我說。我完全能理解這樣的理由，並且支持這樣的理由。

卡蘿像是想起什麼，突然站起身來，把室內的燈光全部關掉。她摸索著桌子底下，對我微笑了一下，然後「啪噠」一聲打開開關。

原來那商場的每一家店鋪的燈都是會亮的。燈一亮，原本只是模型的商場，似乎就熱熱鬧鬧地喧囂起來，非常不可思議地，我竟然覺得全身發熱，好像要跟著我媽拉開嗓子吆喝客人似的。而那些矗立在商場天台上的巨型霓虹，一個個閃爍的方式都跟三十年前一模一樣。那個國際牌的燈一樣從最下面的白色燈管開始發亮，然後是紅色的，最後再依序暗回來，就像準備好的浪花一樣，歡呼似地瞬間閃動兩下。我定神一看，霓虹燈竟有幾條不亮，彷彿是光的凹陷。那似乎就是那年我和阿卡用磁磚的碎片打破的位置。天

雨豆樹下的魔術師

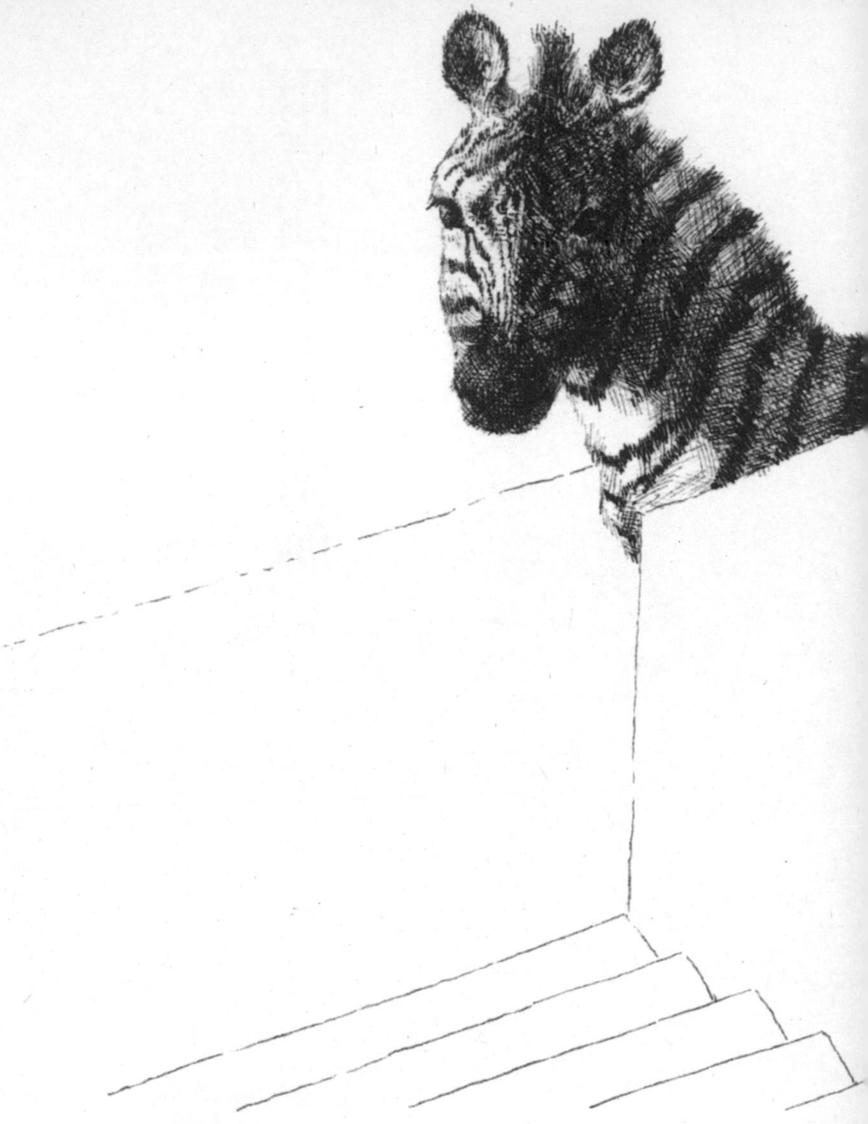

雨豆樹下的魔術師

老李走到我面前，用他那隻並沒有斷掉的手摸了一下我的小雞雞，然後握著拳頭好像抓到什麼東西，往上一丟，說：「小鳥飛走囉。」

一開始我想從這兩行開始，寫一系列關於商場的短篇小說。可是直到此刻，在我寫完九個故事後，始終沒有找到這兩行可以安放的位置。

寫這本小說集的期間，我常常坐在咖啡店裡，整個下午無所事事，然後懷著撐下去終究會有些差強人意的故事被寫出來的心情離開。幾個月過去了，始終只有幾個零碎的句子，一篇小說都沒有寫出來。

我坐的老位置可以看見街角，因為會直吹到冷氣，是一般人不會選的位置。夏天的時候室內外溫差過大，玻璃因此整個布滿霧氣。我有時候會想用手指在上頭寫些什麼，但一面怕外面的人看到覺得傻氣，一面考慮來考慮去終究也不知道要寫些什麼，於是只好繼續看著霧濛濛的街景。

我用手把霧氣擦成窗子似的空間，透過那個觀察著街道。因為下了點雨，所以馬路看起來閃亮閃亮。一隻狗左顧右盼地想要過馬路，是戴著項圈的白狗，就在牠快要成功地在綠燈前到這一頭的時候，突然又轉頭回去，差點被車撞上。這樣的景色，非常能吸引我的注意。

我喜歡女性的背影遠遠勝過正面，我發現自己一直以來都只專注地看從街這頭走到對面去的人，而不看那些從那頭走到這邊來的人，可能是人的背影比人本身更吸引我的緣故吧。

侯孝賢的《戀戀風塵》裡，曾經無意間拍到顧車老李。那段戲是男女主角阿雲跟阿遠到商場買鞋，要回家時卻發現摩托車不見，兩個人焦急地找車的畫面。阿雲和阿遠沿著商場張望著騎樓下的摩托車，卻怎麼也找不到。鏡頭擺在男女主角前面，隨著男女主角的前進，鏡頭緩緩倒退，畫面出現了皮箱店、眼鏡行、鞋店、五金行和西服訂做店，最後停在廁所附近。鞋店前面還有一個外國人在買鞋，他似乎意識到了鏡頭。不過最引起我注意的，是有一男一女兩個孩子，牽著玩具三輪車跟著阿遠和阿雲一段路，只是鏡頭光圈太大，影像模糊，我始終認不出來那是誰。到廁所時阿遠確定車不見了，他看中一台同款的摩托車打算動手偷車，阿雲不斷勸他：「嘜啦，嘜啦。」阿遠說：「儂著毋驚咱死，咱著驚伊無命？」要阿雲幫忙把風。

阿遠最終還是在阿雲的勸阻下沒有偷車，也因此跟《單車失竊記》變得不同了。這個長鏡頭之前，有一個看似隨意的取鏡，主景是一個中年人，吸著像是插在竹管還是濾嘴上頭的菸，百無聊賴地站在摩托車旁邊。由於鏡頭是側著拍的，因此沒有拍到他的右手是從小臂齊根斷去的。沒有斷的那隻手臂上有青天白日旗的刺青，那個人就是老李。

老李就住在商場的屋簷下，他的工作就是一有機車停下來，就拿著木牌掛在停在商場的機車手把上，名正言順地跟車主收五塊的顧車費。當然沒有人允許他這麼做，但事情就這樣開始了。商場也沒有人問過老李是哪裡來的，老李也從來不說。這是千真萬確的事，我童年時住在我家門口的退伍軍人老李，變成侯孝賢電影裡的一個鏡頭，連法國人都看過，說起來比小說還像小說。想到這個，我突然發現了這幾個月來，深藏在我內心的猶豫。

我的兒時玩伴對寫小說的我來說是奇怪物品的寶庫，他們就像一堆閃閃發光的彈珠，神祕地滾到屋子裡的某個角落。雖然我有權在腦袋裡頭把他們呼喚出來，但他們卻沒有自願成為另外一個人寫的小說，不是嗎？

至少阿卡做的模型，對別人的人生並沒有傷害性。我的朋友們卻沒有機會拒絕成為小說裡的人物，我有時候早晨起床刮鬍子的時候，覺得自己可憎可憐又可恨，就像災難。

因為寫作一直都沒有進度，我後來去了一趟柬埔寨，一方面算是度假，一方面也是聽說吳哥窟過幾年會關閉修繕，得把握機會看看。由於是沒有設定機票歸期的行程，又住在打開水龍頭得等三分鐘才有水來的廉價旅館，我得以花很多時間看每間廟宇的雕刻。光是班特斯蕾寺（Banteay Srei），就花了整整五天的時間。班特斯蕾寺是吳哥最遠的景點之一，浮雕的主體是女舞神阿帕莎拉（Apasara），整座寺雕工非凡細膩，令人讚歎。這寺的建材來自附近一處叫荔枝山的紅色砂岩，我查了這種岩石的硬度並不高，不過要雕成這般像流水一樣的線條，工匠得花上不可思議的耐心才有可能。說真的阿帕莎拉並不那麼吸引我，加魯達（Garuda）鳥的雕刻更讓我著迷。這種普遍存在於泰、柬地域的傳說神鳥，據說每天要以五百條小龍為食，最後卻因為吃了太多的龍，諸龍吐毒，終至毒發自焚，僅餘一心，呈琉璃色。生物被食物毒死並不稀奇，但在演化過程中，若刻意以特定有毒生物為食，照理說會演化出特殊的抗毒能力才對呀。想是神話的創造者，不一定要順服自然的規律。

加魯達的梵文寫做गरुड，在中國被譯為「大鵬金翅鳥」，我覺得習性上倒有點跟「蛇鷹」相似。

每天晚上我都回到那個小旅館，站在蓮蓬頭下等三分鐘洗去整天的汗水跟沙子。就在隔街的地方，到處都是規模宏大的熱帶風情飯店。我偷偷跑進去參觀，發現裡頭有巨大的游泳池和SPA館，和幾公里外的骯髒湖泊恰成對比。聽說整個柬埔寨每年都陷於缺乏乾淨飲用水的苦境境裡，而雨季又會氾濫，四處泥濘不堪，那時雖然有水，卻又難以取用。

晚上因為沒地方去，我會去pub喝一杯。到柬埔寨的第十一天，我還在拉肚子。雖然喝水一定喝瓶裝水，吃的店我也特別注意，但實在不知道是什麼原因肚子拉個不停。街道上的pub都是外國人聚集的地方，裡頭也會有眼睛異常美麗的柬埔寨姑娘出入，她們發現你如果是單獨一人就會坐到你旁邊來。一個穿著短牛仔褲的柬埔寨姑娘坐到我旁邊點了一杯琴酒，她那雙深棕色的腿就像羚羊一樣結實健美，當她用那雙黑得像煤炭的雙眼看著我的時候，我馬上就愛上她了。我們用英文聊得不算順暢，我大抵只知道她十九歲，喜歡星星、高跟鞋和蕾哈娜。聊天中她很自然地隔著褲子撫摸了我的下體，表示願意跟我回旅館。我搖搖頭，不是因為我是君子，而是實在害怕得病。於是她沒有和我商量就蹲到椅子的下面拉開我的拉鍊，我撫摸了一下她的頭髮，把二十塊美金放到她手裡，花了將近二十秒才下決心輕輕地用手掌暗示她我不需要，她抬頭看我笑了一下（柬埔寨姑娘的笑容真不是蓋的，是非常美而且具有傷害性的笑容），然後帶著那雙喝了琴酒後朦朧美麗的眼睛和二十塊美金離去。

後來一個身體健壯，來自加州，戴著無框眼鏡叫艾迪的男子坐在我旁邊。他是電腦商，這趟是到東南亞出差的，柬埔寨是最後一站，他特地從金邊到這裡來「玩兩夜」。我們聊到在lake Tahoe附近拍過的一些電影，諸如《教父》之類的，他表示自己在湖冰封之前可以橫泳兩趟。我一點都不想質疑他也不羨慕他，那湖的水冷得要死，冰封前去游簡直是神經病。

「晚上要不要到哪裡找個樂子？我知道附近哪裡有美妙的地方。」

「不了，白天太累。」

「我看到你剛剛拒絕那個女孩子？」

「嗯。」

「哈哈，也許她不對你的胃口？嘿，說真的，我知道哪裡可以找到小女孩。」

「嗯？」

「小女孩，九歲、十歲那種。她們會幫妳『悠姆─悠姆（yum-yum）』（高棉語口交的意思）。沒辦法，我只喜歡這個年紀的，如果她們長出真正的陰毛我就硬不起來了。」

「這是違法的吧。」

「在這裡不。」艾迪推了一下他的眼鏡說：「這裡的人有時候會忘記法律，所以活得比較快樂。」

「我想我該回旅館了，隔天要去看日出呢。」於是我回到了那個要等三分鐘才有水的旅館。想想三分鐘真是漫長。

雖然我很不喜歡擠旅遊行程，不過為了某些原因，隔天我確實真的去了小吳哥看日出。但到了現場卻後悔非常，因為人實在太多了，簡直就像中正紀念堂廣場明華園歌仔戲團上演一樣。我左顧右盼想找個僻靜的角落等待的時候，一個瘦高的柬埔寨少年過來問我要不要咖啡。原來如果買一杯咖啡的話，就能夠有一個塑膠椅子。我要了一杯，坐在塑膠椅子上，等了半小時以後天都大亮了也沒有看到日出。旁邊一個像是來自北歐的女孩說：「今天雲層太厚了，真是令人失望的早晨。」

「而且咖啡也難喝得要死。」我聳聳肩表示同意。

回頭的時候我刻意從右側繞出，兩旁都是賣一模一樣東西的觀光攤販，有些小販會偷拍你，然後用印表機印出來貼在瓷盤上硬賣給你。如果你不接受，他們會毫不吝惜地把你的照片撕下來，丟到一旁的垃圾堆裡。

經過一棵非常巨大的雨豆樹，樹冠幾乎有三十公尺的直徑。因為彷彿在眼角餘光裡看到了什麼，於是直覺地回頭。雨豆樹下坐著一個戴著柬式斗笠，四肢乾瘦，光著腳丫，面容黝黑但看起來並無多大特徵的柬埔寨男子，我推測他大約四十歲上下的年紀。吸引我注意的不只是他，而是他的跟前，用雨豆樹毛茸茸的花圍成的一個小圈圈裡頭，有一個小黑紙人在跳舞著。

除了我以外，並沒有其他人站在他面前。雖然沒有音樂，我靜靜地等小黑人跳完一支舞，小黑人非常謙虛地向我敬了個禮，才靠在其中一朵花躺下。我放了五塊美金在男人的紙箱裡。

「這是魔術嗎？」男人不知道聽不聽得懂英文，他對我不置可否地笑一笑。

「你願意教我嗎？」我拿出一張一百塊美金，在他眼前揮了揮，指指小黑人，然後問他：「你是魔術師嗎？」

男人想了許久，把小黑人交到我的手上。

我急忙跟他解釋：「不、不。我不是要買他，我是想學，如果這是一種手法的話……或者請你告訴我，這究竟是不是魔術？」這時候我終於確定男人完全不會英語。我到商店街去找到一個會講英語的賣明信片小販，讓他跟男人解釋。

就在他跟男人解釋的那幾秒鐘我卻後悔了。我把一百塊美金收回皮夾，換成一張二十塊美金的鈔票遞給男人，另外給了翻譯者兩塊美金，說：「我不學了，謝謝。」就頭也不回地離開了。

大約從柬埔寨回臺灣以後，在一些偶然的機會裡，我竟陸陸續續巧遇了一些兒時的玩伴。有一個是在夜市的生炒花枝的攤位上，一個是在台大醫院等漫長的看診中遇到的，還有一個在演講場合，該死的是我剛好拿他的故事當談資。有的後來私下會碰面，有的又再次消失在我的生活裡。當我問到他們記不記得天橋上的魔術師的時候，有些人完全忘記了，還問：「天橋上真有一個魔術師嗎？」當然也有些人記得，這讓我鬆了一口氣。那魔術師的存在，對我而言就像是某種意識上的天橋的存在。沒有魔術師就沒有天橋，沒有天橋，商場就斷了，就不成商場了。

故事並不全然是記憶，記憶比較像是易碎品或某種該被依戀的東西，但故事不是。故事是黏土，是從記憶不在的地方長出來的，故事聽完一個就該換下一個，而且故事會決定說故事的人該怎麼說它們。記憶只要注意貯存的形式就行了，它們不需要被說出來。只有記憶聯合了失憶的部分，變身為故事才值得一說。

不過有一件事我到現在都還不敢跟任何人提。

魔術師要搬離天台的那天清晨，我因為肚子痛而起來到公廁去大便。快走到廁所的時候，突然聞到一股非常特別的氣味。是什麼樣的氣味我現在已經沒辦法準確說得上來，但當時感官告訴我，那是我從來沒有聞過的氣味。如果硬要說的話，算是一種腥味，但其中還帶著鐵鏽、乾草、雨水、沼澤之類的味道。

商場廁所的鬼故事當然夠多到讓當時的我腿軟。我哥老是跟我說有一個馬桶會有手伸出來幫你擦屁股，害我每次大便的時候都會不自主地往下望。那時我發現自己扶著樓梯的扶手，卻再也不敢移動半步，最該死的事是，大便也有點要忍不住了。就在這個時候，有個什麼的巨大影子要從男廁所出來。

是一匹斑馬。

千真萬確，是一匹斑馬。牠露出半個身子，轉過頭來看看我，那眼睛天真得就像兩條通到你心底的隧道。牠身上的黑白斑紋啊，一定是無與倫比的天才畫家的作品，那兩條前腿健壯優美，慢慢地踢踏踢踏帶出整個身子。那骯髒的廁所怎麼裝得下、藏得了這麼華麗的一匹斑馬！

正當我這麼想的時候，魔術師就隨後從廁所走了出來。他用那雙可以望向兩個方向的眼睛看了看我。我不確定他笑了還是沒有，只記得他拍拍斑馬長著鬃毛的頸子，斑馬就開始噠噠噠地往樓上走。當牠走過我身邊的時候，我突然之間領悟了從來沒有去過的非洲大草原的味道。斑馬就這樣，噠噠噠地繞過我後面，跟著魔術師從樓梯上了天台。

後來我做了什麼？我應該大了便，肯定也有擦屁股，然後又回去被窩裡躺著。我試著說服自己這一切都是夢，但隔天早上，仍然在床鋪上找到黑白兩色，大約兩吋長的剛毛，硬硬刺刺的，彷彿細針，藏在棉被的縫裡，就像被刻意織進去的一樣。

啊，我決定小說從這裡寫起。◤

0FEE0002
天橋上的魔術師

作者　吳明益
插畫　Via（方采頤）

總編輯　陳靜惠
編輯協力　洪禎璐
封面設計　吳明益
設計協力　王美琪
電腦排版　宸遠彩藝
行銷企劃　陳雅雯．尹子麟．余一霞
社務代理　木馬文化

社長　郭重興
發行人兼出版總監　曾大福
出版　夏日出版
發行　遠足文化事業股份有限公司
地址：231新北市新店區民權路108-3號8樓
電話：(02)2218-1417　傳真：(02)2218-1851
電子信箱：service @bookrep.com.tw
客服專線：0800-221-029
劃撥帳號：19504465　遠足文化事業股份有限公司

法律顧問　華洋國際專利商標事務所 蘇文生律師
印刷　通南印刷股份有限公司
初版一刷　2011年12月
初版44刷　2021年 3 月
定價　280元
ISBN　978-986-87819-0-0

有著作權．翻印必究 (缺頁或破損請寄回更換)

特別聲明：有關本書中的言論內容，不代表本公司／出版集團之立場與意見，文責由作者自行承擔

國家圖書館出版品預行編目(CIP)資料

天橋上的魔術師 / 吳明益作 . -- 初版.
-- 新北市 : 夏日出版, 遠足文化發行,
2011.12
面；　公分. -- (E系列；2)
ISBN 978-986-87819-0-0(平裝)

857.63　　　　　　100023817